我听见了
唐朝的回声

臧瑾诗选

臧瑾/著

中国商业出版社

图书在版编目（CIP）数据

我听见了唐朝的回声：臧瑾诗选 / 臧瑾著. -- 北京：中国商业出版社, 2020.11
 ISBN 978-7-5208-1297-9

Ⅰ.①我… Ⅱ.①臧… Ⅲ.①诗集－中国－当代 Ⅳ.①I227

中国版本图书馆CIP数据核字(2020)第199181号

责任编辑：陈皓 常松

中国商业出版社出版发行
010-63180647 www.c-cbook.com
（100053 北京广安门内报国寺1号）
新华书店经销
四川省南方印务有限公司印刷
*
787毫米×1092毫米 32开 11.75印张 100千字
2021年1月第1版 2021年1月第1次印刷
定价50.00元
****
（如有印装质量问题可更换）

作者及内容简介

臧瑾,出版商,古董商。1957年出生,有过工、农、商、学、兵等经历。他的诗,跟他的油画一样,长于思考,独具风格。他56岁画画,63岁写诗。他的后知后觉、厚积薄发,得益于他丰富的阅历与广泛的阅读。上辑与中辑关于古董和绘画的诗篇,题材奇巧,思想独到,部分诗篇经报刊面世,大获好评。而对于中国诗歌千年以降的传统模式,他力求形式的多样化,提倡表达真情体验,认为废话里有好诗,关注当下流行的乌青体,反感无病呻吟和玩弄技巧的诗文。下辑中他的所谓废话诗,比之网上的流行,更具思考的结晶,更见平凡景致的温馨,更显日常生活的诗意。

我聽見了唐朝的回聲

劉世劍

序 诗

刘亚洲

读臧瑾的诗
一如看他的油画

用他丰富的阅历
用他七彩的文笔
用他独立的思考
用他敏锐的感知

用诗笔绘画
用画笔写诗

诗中有画
画中有诗
浓淡相宜
直问灵魂

不论思想与表达
都别开生面
都特立独行
都与众不同

犹如看一只白鹤
划过阴沉的天穹

尤在中国
难能可贵

(刘亚洲,著名作家,空军上将)

序诗（刘亚洲）

上辑　我听见了唐朝的回声

一　古人留下的信物 ……………………………… 003
二　案上的供果一个不少 ………………………… 020
三　该给子女留下些什么 ………………………… 030
四　带你去逛古玩城 ……………………………… 042
五　与青铜器同归于尽 …………………………… 056
六　咏叹十大名牌古董 …………………………… 067
七　就是一块石头而已 …………………………… 077
八　欲望是紧闭的血盆大口 ……………………… 087

中辑　在远方画一叶白色的帆

一　写在画的留白处 ……………………………… 097
二　色彩的诱惑 …………………………………… 118
三　一条五彩斑斓的河流 ………………………… 126
四　我的诗嫁给了我的画 ………………………… 132
五　画的时候想到这些 …………………………… 143

下辑　废话篓子里的汉字

一　乾隆是乌青的祖师爷 ………………………… 175
二　什么可让我的思想延伸 ……………………… 207
三　我的诗两毛五一首 …………………………… 259
四　一生短于三行墓志铭 ………………………… 288
五　很想读到这样一首诗 ………………………… 306
六　我们都是二校子弟 …………………………… 315

后记　今生走过的风景

上辑

我听见了唐朝的回声

一 / 古人留下的信物

金 刚 橛

雪山有矿
淬火,用圣洁的雪水
锻锤,用康巴汉子的双臂
一个叫橛的古老兵器
一下,就刺穿了敌人的身躯

松赞干布的兵锋染指中原
长安城墙上的士兵,看见了
丛林一样的三角橛刀,于是
城门开了,文成公主走了出来

橛刀的丛林,簇拥着等身的佛像
士兵们的欢呼声,像齐声地诵经

还是用圣洁的雪水
还是用康巴汉子的双臂
一个叫金刚橛的法器诞生了

不再去护卫高原的领土
护卫着战无不胜的佛法

前年,我收藏了这样一柄金刚橛
立在佛像的右边,在夜晚的风中
时常听见橛头战马的嘶鸣,悲壮之极
还听见那四尊菩萨的怒吼,凄美动人

忽然有一天,这柄金刚橛不见了
老婆说,被小偷盗走了
我却认为,金刚橛去了古代的战场

铜镜

不要去问青铜镜的年龄
你若问,铜钮会落下一滴泪珠

镜子里的乌发早已化为枯草
镜子里的美丽早已变成骷髅

汉唐的女人是真懂爱情的
龙凤镜,阴阳镜,九棱镜
四乳神镜,松鼠葡萄镜
正面是顾盼,背面是心愿

为什么年代越早,铜钮越小

幸福的泪水是成串的思恋
而杨贵妃的泪水只有一滴
浑圆如她的乳房,凝在了
铜镜的背面,已逾千年

有人劝我,把镜面磨亮吧

我害怕光照如初,那样看见的
不仅是刀光剑影,更会看见
蹒跚了千年的无奈与苍凉

梵铃

有个明代的梵铃
挂在店铺门楣
当她响起
悦耳的铃声
古董商们都知道
又做成一笔生意

后来,梵铃哑了
被人廉价买去

一天, 山巅的铁像寺
迎来一位年轻的居士
风起时,铃声悠长
晨露一串的梵音
来自檐角的一个铜铃
在霞光中轻摇
居士抬起头
双目含泪

盘它

人的眼睛,不是机器
没有人能够明辨所有的古董
有的人也只是瓷器的知音

我非常相信她手中的玉器
在一场网拍上,一件战国的玉璧
随着钱去而物来

她是位母亲,她说出土时
这玉璧放在一位妇人的小腹上
圆圆满满,如同脐孔

玉璧有一半的灰浸,她教我盘它

那位妇人的腹部多情而柔软
那里曾孕育出一位盖世英雄
那里是战后的山丘起起伏伏
那里被她的后人放上这玉璧

玉璧有一半的灰浸,我天天盘它

正如她说的那样,久而久之
土浸的灰色渐渐变成了橘红、橙红
继而血红,一片又一片,漫遮了灰色

妇人的儿子,那位勇士的鲜血
从玉璧的表面,正在一点一点
随着岁月的轮回,洇了出来……

佛 像

大多的古代佛像，背面没有工艺
佛像供在佛龛里，背靠坚实的墙
那时的佛像不是商品，是神圣的信仰

古代的工匠都用信仰雕刻
如果知道买卖能增加产值
他们或许会雕出精美的背部
或许他们会放下手中的刻刀

如今的人们
把信仰还给了佛陀
把金钱装进了腰包

宣德炉

紧邻云南
似云南大的一个小国
给掌管着
几十个云南大的皇帝
献上了风磨铜

皇帝龙颜大喜,因为铜的质地

铜肉,细腻温滑,如后宫的肌肤
铜色,金黄内蕴,如皇上的龙袍
只要是天子,谁不迷恋如脂的细嫩
以及黄色,金子一样的皇帝黄

于是,皇上开始发问了
他不问,咱国为何炼无此铜
他不问,工匠的收入是多少
更不会关心冶炼技术的革新
他只问,咱家烧香的那些炉子

跪地的大臣们齐齐抬头
这时,才抹去额上的汗水

于是,铸炉运动开始了
依照商周彝鼎
依照宋代瓷玩
依照看得见的祖宗的荣耀

轰轰烈烈,铜液里扔进了嫔妃的珠宝

还是放心不下,皇上亲临其境
督察,修改,指导,漫骂……

一锅铜水已炼上六遍
皇上下旨:炼十六遍

精美绝世的香炉就此诞生

于是,皇上开始分赐
庄严的冲耳炉,属于大殿
肃静的鬲式炉,属于寺院
中庸的桥耳炉,属于书房
沉稳的压经炉,属于庙庵
至于鱼耳炉,皇上想起后宫
让置于鱼水之欢的床头

都点燃了,一炉接着一炉
传说六百年只用过一次火镰
歌舞升平的烟香,从此,弥漫在
皇宫大殿和民间草房的上空

都说这只是传说,因为找不到标器
北京和台北的故宫,都说藏着一个
对方又都否定了对方,如果当年
掘开景陵的墓道,争论即当中止

             人们和人们的后人们
             用六百年赞美宣德炉
             用六百年探究宣德炉
             用六百年争论宣德炉
             用六百年买卖宣德炉

             这位皇帝,一世没有功名的皇帝
             仅靠一个小小的铜炉,名垂千古

黄财神

肚子饱饱的,头戴三叶冠
右手摩尼宝,左手吐宝鼠

都想供在家里,天天吐宝
都想收藏一尊鎏金的黄财神

据说,只要每天摆上供品
奥拓会变成奥迪
公寓会变成别墅
徐娘会变成少女
大爷会变成大叔

我问过一位藏区的老人
供了三代的财神,为何要卖掉
他叹息着说,该换一间瓦房了
现在的草屋还住着祖孙三代

赝 品

我有幸中了彩票500万
五天后,我用362万
把古玩城唐代的陶俑
一半,搬回了我的家里

在唐代,他们都有各自的姓名
在当天,他们都随了我的臧姓

那一天是四十年前的一天
做赝品的师傅还没有出生
我不知道古董还有真伪
只知道银行里存着我的欲望

我终于满足了我的欲望
用人们买彩票的失望

买下唐朝的丰满
矿料画出的五官,柳叶眉
嘴巴很小

我喜欢这些仕女的样子
高的发髻,肥的美臀
酷似我梦中的一个情人
记得她的属相不是牛,是猪

四十年后的古玩城
地上摆满了仕女的陶俑
她们出生的年月,应晚于
大街上身穿唐装的女子

有人说，世上绝无赝品
有的只是新老而已
一个年迈的仕女
正在讲述着她曾经的年少

后来有一天
当赝品无限逼真的时候
我卖掉了我所有的藏品
赝品拉低了市场的价格
我亏得血流成河

那天真冷，我突然发现
天上那轮冰冷的太阳
也是从外太空仿来的
……赝品

玉玦

我把一个古老的玉玦
抛向深深的峡谷

很快
我听见了唐朝的回声

象牙烟杆

我有一个象牙烟杆
包浆淳厚,岁月累累
盘出的牙黄色,比清朝黄
黄中泛红,直抵明代

我用它抽叶子烟
便尝到了农民的卑微
我用它抽雪茄
品出了后宫的胭脂气味

象牙是亚洲的象牙
质地如脂,网纹细密
多么希望它出身名门
朱元璋抽完一锅
用它敲打嫔妃的屁股

离皇宫近些也行
达官贵人的爱物
这样,我就有了炫耀的资本
拍卖会上的赢家

只有站在廉价的地砖上
才会去做如是之想

又有谁,像我一样
站着,用古老的象牙烟杆
抽完了一根哈瓦那的雪茄

玉　　和田的一个男孩儿
　　　　在河里摸鱼
　　　　摸出一块美玉

　　　　黄玉发出白玉的光泽
　　　　白玉长出黄玉的颜色

　　　　卖家把白玉卖出黄玉的价格
　　　　买家用黄玉的价格买了块白玉

　　　　小男孩儿从此不再摸鱼

盲 僧

他是一个盲僧
睁着的双眼很大很大
眼仁依然漆黑

他七岁开始画横线
八岁开始画竖线
他把他的一生
全都画进了经纬

遵循钢铁的戒律
按照先师的仪轨

金刚铃换了一个又一个
近视的镜片也越来越厚
疼痛的骨头已无法支撑
索性,匍匐在大地上
——描画

直到那一天,五百年前的清晨
他把太阳的五彩碾成粉末
画进了一幅唐卡,从此的他
一直睁着永远黑暗的眼睛

人们从他盲画的坛城里
看见他暗示出轮回的轨迹

工 匠

判断玉器的新老
主要看琢工
古时的生产力落后

有个工匠,别出心裁
改良了落后的工具
他的玉,精美漂亮
在市场上卖得最贵

三百年后的今天
他的玉,依旧精美漂亮
与机器工不分伯仲
在市场上却无人问津
如同仿品,白菜价格

青铜器

把你做成长矛,可以刺死一个王朝

把你做成钱币,会生有害的锈
足以毒死那些贪官污吏

把你做成大鬲,再把野稗正史
忠良奸臣,王者流寇,一锅煮

做成爵杯必须要有限量的立柱
好色不乱真君子,饮酒不醉为最高
连秦始皇都知道,酒色误国

约了外星人,刻上神秘的纹饰与符号
与天地的对话,放入簋中,再封上盖子

两千年后,有了精巧的工艺
造办处每天都在制造繁复与华丽
可全世界都在膜拜你
你代表中国最高水平的技艺

石雕比你庞大而沉重
你却被叫作国之重器

二 / 案上的供果一个不少

爷孙

爷爷给佛镀金,用真金
只磕头,不许愿

孙子给佛镀金,用K金
只许愿,不磕头

很多人

一个人,不会膜拜一锭青铜
很多人,都会膜拜一尊铜佛

黑 与 白

重金买下,科长暗赌
大佛的装藏定有天珠

他让小李撬开
松石,经卷,青稞
果然有颗两眼天珠

天眼黑白分明,看见
科长走进牢房
小李当上科长

黑 财 神

说黑财神主偏财
他请回一尊,供
五年还是贫穷

一天,他恍然大悟
原来财神腔膛空空
从没吃饱,又怎能
保你发财

时光

不要再说岁月无痕

黄铜老得快,用包浆
一种月下如水的光
展示百年的变迁

青铜会用红斑绿绣
向你讲述时光的河流

金子最抗氧化
千年只泛一层暗红

不要再说岁月无痕

岁月是呈现紫色的血
岁月是内敛自省的光

供 果

生病,你供药师佛
缺钱,你供黄财神
考学,你供文殊菩萨
无子,你供送子观音

你忘了,他们不接受贿赂
案上的供果一个不少

两 只 手

供上一尊千手观音
我低下了头
看见我只有两只手

张 奶 奶

教堂建在市中心
张奶奶买菜回来
顺路,累了进去歇歇

普度寺藏在远山深处
有一尊古代的石观音

去烧一炷香
张奶奶的回程
换三次长途客车

旧 物

香火缭绕
岁月蒙尘

登巴让我保持原貌

他的观想
我的收藏

他看见观世音的慈悲
我看见工巧明的技巧
他看见信徒们的灵魂
我看见藏文化的精深

旧物如新,我愿做
你的第一个供养人

信仰

如果有一座空空的庙堂
我要供养飞机大炮，供养
指南针，地球仪，手机
供养铜像哥白尼

供养我的信仰
让香火不断

你病了

你病了
不吃医生的药方
天天给医生烧香

你开车
求佛祖保佑平安
车的时速200公里

佛说，不要给我塑像

阿难记下佛说过的话
孔子游说列国的时候
阿难把记下的变成经

莲花，以及有莲花的赤足
是最早的佛像

来 自 哪 里

一尊佛像
诞生在斯瓦特
随牧民游牧

这尊佛像
来到印度
人们为它诵经开脸

这尊佛像
来到克什米尔
人们为它穿上金装

这尊佛像
来到尼泊尔
人们为它虔诚装藏

最后，它来到西藏
人们再也说不出
它到底来自何方

最 好 的

珊瑚玛瑙绿松石
金子银子合金铜

信徒把最好的给了佛

佛像铸成之后
佛把最好的给了信徒

微 笑

一尊观音
几百年,供在藏民的佛龛里
藏民天天烧香

同一尊观音
几十年,锁在藏家的柜子里
藏家天天想钱

观音无动于衷,唇含微笑

后 裔

高古的佛像古朴
当代的佛像华丽

鎏金,镌刻,嵌金镶银
给佛像穿上华贵的衣裳

高古的佛像来自另外的星球
华丽的佛像供在你我的家里

古朴的,如古朴的先人
华丽的,如华丽的后裔

什 么

一千八百万
买栋别墅
让什么住了进去

后来把别墅卖了

用卖别墅的钱
请回一尊古代佛像
让什么走了出来

烦恼

十佛九残
文殊的剑断了
接上还是不接

十几天的烦恼

请最好的工匠
花最贵的价钱

接好的依然断裂
请文殊挥剑
闪电一样
斩断的不是烦恼

莲 花

装进大米
装进菩提
装进经卷
再装进我的余生
然后,封底

底板上雕朵莲花
天天盛开

三 / 该给子女留下些什么

人物一：大吉

他的藏品，不说富可敌国
至少富可敌县——
在牛背上把他养大的自治县

他的藏品，用藏獒守护

听着街上繁华的轰鸣，他说
我们该给子女留下些什么
他有两个聪慧的儿子
还有一个明星模样的女儿

他家族庞大，如草原的羊群
家谱从唐朝写到如今
出过上百个头人商贾
出过六十多位高僧大德

他说祖上没给他留下一件东西
他又说祖上给他留下很多很多
善良，勇敢，勤劳，还有信仰
家传的品德才配叫藏品
全都藏在他的骨血里

他总说，他的藏品属于全人类
在家乡建个博物馆，不再叫藏品
不会留给儿女一件

他很忙，时常下了飞机约我喝茶
他只喝家乡的奶茶
喜欢探讨该给子女留下些什么

人物二：大可

古玩市场，是人精扎堆儿的地方
老古玩商老刘给了儿子五十万元
让他自谋出路，自生自灭

从此，大可在朋友圈发的照片里
他跟妻子走在外国的阳光下
站在博物馆的雕像前

妻子娇小，累了，倦了，抱怨了
大可会为她买个名牌包包
果真是包治百病

中午前你是找不到大可的，他在睡觉
夜晚他会看关于古玩的书，研究图录
手机在午饭后才醒来

大可这名字取得恰当，饱含着渴望
当然有金钱，更有对于专业的追求

一半中国一半外国，看遍世界珍宝
一半白天一半夜晚，浏览古玩书籍

大可就是一块靛青，但不是来自蓼蓝
他是被知识的蔚蓝海水染得很蓝很蓝

人物三： 老邢

古玩喜欢直率
但古玩商不喜欢
他们喜欢讲故事
绕来绕去

听了太多自己的身世
各种版本,花花哨哨
几百年几代人,晕厥

终于,古玩遇见了知音

古玩喜欢老邢的直率
他说,假的
他说,修过
他说,贵了
他说,这个不到代

直率得像做胃镜
一插到底,明明白白

可古玩商不喜欢老邢
都说,他爱退货

人物四：老江

玉山子，被割成三块
现妻一块，女儿一块
前妻的女儿当然也有一块

老江是个喜欢吃葱的土豪
声音总是比人先到
先用声音占个座位
占有，是他毕生的爱好

他来自没有诗的山窝
吃的苦比山上的石头还多
山上的石头太丑
石头，他只喜欢和田白玉

那天早上，他握玉而西
留下一仓库美丽的玉器
来不及遗言，来不及变现

三个女人用争吵的唾液
把遗玉公平分配
都想要，多出的那块山子

山子上垂钓的渔翁，静静地
看着三个女人欲望的膨胀
来不及劝阻，已被腰斩三截

老江下葬的时候
手无寸玉
更没使用九窍玉塞

人物五：安叔

护照是他的翅膀，一旦翻开，他便飞翔
我相信他的血管里有马血，更有牦牛血
他的祖先骑着马，在青藏高原游牧牛羊
他游牧自己，用牦牛的性格行走在世界各地

他一次次走进古董商的家里，来了，兄弟
他早已看不上中外价差那点蝇头小利
子弹打光了，他便收工。把买来的宝贝
一次又一次，穿过云的草原，围进圈里

他住的宾馆，挑高要有六米，像先辈的帐篷
吃半生的牛排，喝麦芽20度以上的啤酒
朋友圈有张图片，一个中国西部的牛仔
在楼厦的高山上，被曼哈顿的晚霞画成剪影

后来又向西追逐落日，用飞机这白色的神牛
驮回了欧洲的艺术，一件件古老的精美银器
除了黑色帽子，他的店里便成了银色的世界
他喜欢端着咖啡走动，像行走在故乡的雪域

人物六：张总

他总是衣冠楚楚
都向他推销贵重的古董

据说他是国企的老总
公司业务跟飞机有关

可他只收佛像的泥擦
一百多一个的廉价

市场上的泥擦
全都跟着他，去了他家

他一边写字一边玩着泥擦

一本砖厚的泥擦专著
惊喜了故宫的专家

人物七：甲子

他的团队就是一个雁阵
在网络的天空上寻觅

都知道大地丰饶
飞禽们总会吃饱

甲子就是头雁的名字
八十多个年轻男女组成人字
飞，每一只翅膀
都向另一只翅膀借力

他们的巢穴在坚实的大地
征集的拍品在这里归类
包装成秀色可餐的艺术商品

小拍不断，家常便饭
春夏秋冬，打四次牙祭

哺乳动物，只有人类
才会仰望天空

人物八：我

历史，在山的背面
我用一生只可爬至山腰

我借来商代的电钻
汉代的挖掘机，唐代的斗车
再用宋代的火药
开一条时光的隧道

穿过隧道，我
从树干攀上司马迁的月梢
把历史书还给学校

古董先生辅导我的作业
我的历史成绩
让那条隧道骄傲

人物九：小钱

求爷爷告奶奶：征
求爷爷告奶奶：卖
南征北战赚个吆喝
都说拍卖不是买卖

钱两万是我送他的绰号

保留价一律两万
你说你买成八百万
他说你说了不算
他说了也不算
只有市场说了算

他说这拍卖的游戏
市场是公正的裁判

他跟客户越走越近
客户跟市场越走越近

人物十：郑华

他与时间为敌
与白蚁争夺历史
与风雨争抢痕迹

植了清代樟树的荒院
铺了民国砖瓦的衰房
付款，编号，拆装，运回
千里万里，小心翼翼

他是没有注册的搬家公司
搬运古代的传统文化

在摩天大厦下种个四合院
在水泥森林里刮起民国风
找一块依山傍水的宅基地
平了，异地重建原貌

走下奔驰轿车的郑华
迈进了当年三姨太的房间

四

带你去逛古玩城

紫 檀

我迷路了
古玩城有数条小巷

走进一间卖家具的店铺
柏木,楠木,红酸枝
榆木,榉木,黄花梨
紫檀最贵,木纹杂乱无章
没有明确的方向

买

我付了钱。我在想
我买的是岁月的时间
还是古人的艺术观念
还是未来的空间

忽然,想到了付出的钱

喜 拙

我是喜拙不喜巧

巧,是商业街上搔首弄姿的女子
拙,是会洗衣做饭生儿子的妻子

时　间

时间是有价的

在我们身上，会跌价
在古董身上，会涨价

我再说一遍
时间是有价的

保　险　柜

保险柜装着名贵的古董
生人来了，保险柜牢牢地锁着
熟人来了，保险柜大大地开着

古玩也是个嫌贫爱富的家伙

一 句 话

登巴是个厚道又精明的古董商人
他说,要五百万,喜欢您先拿去

我拿回了家里,临走说了一句话
那句话,是我预先支付的诚信

裁 判

东边发生了争吵
退货的骂声不断

时间是公正的裁判
可惜裁判是个哑巴

鸟 笼

挂满鸟笼的店里
笼里关着一只鹩哥

每当顾客进来
鹩哥就会说话
好笼,好笼,好笼

保 管 员

最精最傻的人都在这里

过手即是拥有
几十年也是一个瞬间

收藏家都是保管员
上岗证是白花花的银子

秋 风

一串上好的菩提
价格是去年的二分之一

我走出市场
大街上秋风四起

眼 力

一幅古画
让我心仪

我付出的不是人民币
我付出的是我的眼力

金 属

金属的古玩就像货币
金的最贵
银的次之
铜的也行
铁的价格
付不起工匠当年的工资

古 玩 城

有人在这里割肉
有人在这里涨停

乞 丐

这里没人显摆别墅
这里没人嘚瑟豪车

在古玩面前
人人都是乞丐

贵 贱

掏出一叠现金
一张一张地数,犹豫着
五千元,我觉得好贵好贵

在POS机上刷卡
五十万,很果断
想着我用一串数字
换回价值连城的宝贝

学徒

想让孩子学坏,送他去琉璃厂
想让孩子学奸,送他去琉璃厂

学会把清代的说成明代
学会把修补的说成完整
学会把民间的说成宫廷
更要学会,把赝品当真品卖掉

民国的北平人,曾这么说

有位憨厚的父亲送儿子去当学徒
小孩很笨,跟着奸猾的师傅
偷偷地,只学会了两个字:诚信

几十年后,他成了琉璃厂的首富

配 件

买个瓷瓶,要配个底座
买块玉器,要配个挂托
买张古画,要配个绳索
买尊铜像,要配个锦盒

就像给奥迪供应配件
天天开张的,只有这家店

小 丽

二十年前,小丽就在这家小店
二十年后,小丽还在这家小店

在这家小店,小丽当了姑娘
当了妻子,当了妈妈,当的最久的
还是这家小店的店员

她不爱说话,爱笑,笑起来
连手上胖胖的皱纹都在笑

戒

烟伤肺
酒伤肝
古董伤时间

人过六十须三戒
戒烟戒酒戒古董

小 夫

真真假假,大大小小
密密麻麻,无处下脚
他的货,从不专一
他这人,从无二心
他的店,最像民国的古玩店

度 母

绿度母是绿色的
白度母是白色的

挂在阿旺的店里
都是金色的

扎 西 与 小 彭

小彭是汉族人精
扎西是康巴汉子
俩人的店铺是邻居

小彭有一百万
用二十万进货
八十万存银行吃息

扎西只有五十万
全都用来进货
如星星洒满天穹
随风挑选

后来扎西盘下小彭的铺子
小彭很高兴,把扎西给的钱
存入银行继续吃息

四 郎

四郎是个光棍
喜欢喝加盐的奶茶
吃半生的牛肉

四郎专收古代裸女
每收一件
眼里会荡出月亮湾的水波

考 场

他们一生都在考试
每个人读的都是考古系

一件古玩就是一道考题
考场就设在这里

深水湖

古玩城就是个深水湖
小郎吃了几条小虾,差点呛死
爬上岸,看老夏钓鱼

老夏是老司机,钓上一条鲨鱼
别墅里晒满了鱼干
百里外闻得见猫喜欢的气息

尹老师打捞上一个水怪
拖上岸,到处炫耀

岸上的人都认为那是一只火鸡

最后的肥肉

不会说谎
可以做古玩商
但做不成很大的古玩商

阿鸣拿一株跟三星堆
一模一样的摇钱树
口若悬河,面不改色
屏幕上下起唾液的雨

走出直播间,他贼声说
这是当代最后一块肥肉

古玩商

开过卡拉OK,颓
开过火锅店,累
炒过股票和期货,亏

后来发现做古玩
全凭一张嘴

吃烟,喝茶,聊天
晒一天太阳

把日子过成古董
后人会卖得很贵很贵

易 货

谁先提出这个建议
先就输了一口气

万 宝 柜

一个古董架上
紫檀笔筒叽叽喳喳
白玉带钩狂写书法
翡翠如意正在画画
竹雕樵夫大口吃瓜

进来个领导
买走了樵夫吃的瓜

五 / 与青铜器同归于尽

地 下

他坚信,这片地下有文物
月黑风高,于是开挖

却看见地下开满了樱花
有蚯蚓在蕊间飞舞

还有梨花的含泪
更有罂粟的求吻

他用双眼向下深挖,忽然
眼眶裂开了鲜血

血,滴在地上,让城里的田野
长满了欲望的丛林,枝枝丫丫

唐 卡

用你的热血,画袈裟
用你的青春,画绿色的莲枝
再用坚定的信仰,画出背光
最后用你的微笑开脸

收笔时,色拉寺的窗外
大雪在涂改元代的唐卡

青 花 大 碗

没有了时间
没有了空间
美酒当前
黄鱼生煎

终于,我
敲响盘子的一个点
对一桌人说
我已埋单
你们想吃什么……
随便点

说完,我去乡下
收购明代青花大碗

果　他十六岁钻汉墓
　　　跟着大哥们干
实　汉代的陶俑都哑了
　　　与他怒视

　　　他四十六岁去南方
　　　拆人家祖宅
　　　祖孙四代都笑了
　　　收钱住进大厦

　　　挖祖坟，拆祖宅
　　　什么都如愿以偿
　　　有了儿子
　　　又生了女儿

　　　我不再相信恐吓
　　　一棵树，不开花
　　　照样结果

一 些 古 董

一些古董埋在土里
一些古董在博物馆里
一些古董在盗墓者家里
一些古董在收藏家手里

一些古董让奥拓变成奥迪
一些古董让别墅变成公寓

一些古董掏出手铐
一些古董抛下稻草

一些古董让土豪变成专家
一些古董让专家变成土豪

一些古董在思考
一些古董在犯罪
一些古董在叹息
一些古董在流泪

一些古董与未来对话
一些古董跟今人尴聊

一些古董成为当代
一些当代成为古董

窒 息

拉萨有很多禁忌,跟信仰无关

我带了女友,去收古代的佛像
女友挽住了我的胳膊
我挽着大昭寺身后的彩虹

信徒看佛像,是神圣的观想
我们看佛像,是有价的商品
来世不一样,禁忌与明天无关

我的朋友平措次旦
劝我三言:
不可大步行走
不可大声讲话
尤其不可 …… 那个
此行,注定我们空手而返

脸

宋代的画家,不画裸女
画春宫图的都是太监

于是
每个仕女都有两张脸

每个太阳,都有两个面
仕女,四季都是温润的
我把太阳捧在手上
我抚摸仕女的背面

感 冒

一场感冒
让我迷上了
形状各异
色彩绝伦的
—— 药

感冒走了
我痛苦不堪
生无可恋
从此
我的余生
便有了依赖

三 星 堆

有个大收藏家,收藏空气
历经数载,著作等身
专著里说,空气有七种颜色
九种形态,清代不同于唐代

研究三星堆的专著,浩如烟海
书里找不到那些铜的出处

一只玉羊

我努力像乾隆爷一样
正襟危坐,厚古薄今
在面前独板的案几上
摆上造办处放养的一只玉羊

我的目光,只在羊的周围徜徉
厨房里,飘过来回锅肉的喷香
谁知就在这时,八国联军的炮船
正在靠近港口,向我的玉羊投降

有 害 锈

青铜器上的有害锈
是一种病
是一种会传染的绝症

几千年的漫延
歪曲了精美的造型
吞噬了绝世的花纹

最后,湛蓝的锈粉
与青铜器同归于尽
让盗墓者捶胸顿足

六

咏叹十大名牌古董

玉 猪 龙

先人们叫它什么,不得知
今天的我们叫它,玉猪龙

几千年土浸把一条龙染红
红色土壤,出土红色的龙

年代越近,龙爪越多
明代四爪,清代五爪
未来的龙像一条章鱼

祖宗的愿望是好的,但是
动物无法嫁接

今天的龙依然是龙
今天的猪依然是猪

官窑

皇宫是块磁铁
我们的血里都含铁

皇帝痰盂,价值连城
娘娘马桶,顶礼膜拜

从汝官钧哥定,再到
宣德炉及乾隆工
浓缩天青染就汝
家有万贯不及钧瓷一片

金丝铁线终究挡不住
金兵的铁骑

南宋的官窑坍塌了
埋葬了一个华丽的王朝

我情愿得一种病
叫缺铁性贫血

元 青 花

撕下白云打底
盛承天露做坯
捣碎蓝天一块块
描画层层叠叠
缠缠绵绵的花枝

民国的古董商
不相信至正的年款
谈及元代，恨得牙疼

这件瓷器开始流浪街头
一个英军侵略者
用两块银元抱回家乡

这个中国的孩子
被英国人取了个名字

如此的透彻，如此的亮
只能出生在明朗的唐朝
成熟于奔放豪迈的元代

永 乐 佛

皇上像个小作坊的大师傅
审样,修订,监督,下旨

用礼物去铲除忧虑
用虔诚去亲吻信仰
用诚挚去固守疆土

既然是礼物就要精美
再加些锌吧,黄铜更加坚固
再多雕些花,每一朵都唱出
和谐而动听的梵声

白度母有七只眼睛
绿度母把春色穿在身上
自在观音舒适而自在
黄财神手上的吐宝鼠
让雪域高原雄伟而富庶

来啦,高僧大德请平身
临走,送上哈达和礼物
再刻上"大明永乐年施"
表达着皇上施予的祝福

仕 女 俑

你们想跳舞
有李白杜甫
灵感落在花蕊上
声声曼曼出乐府

权柄虽高
为诗句脱靴
衣领虽阔
为双峰袒露

大地丰饶
喝水都长膘
说话随便
出口即成诗篇

当旭日东起
你们为皇上舞蹈
一滴朝露,怀抱太阳
不醉不倒

唐 镜

无人知晓,这枚铜镜
到我家里,从哪座坟茔
走了两千多年,仍没走远

我把它擦成一轮满月
红斑是血,绿绣是梦
纷纷跌落,一地胭脂

五天后,我看见春水中
月光的碎片,纷纷落泪

妻子说,她不是故意的

说只照了一次,仅一次
就看见了丰盈,看见了水
看见一条哈达样的白练

她说她绝不是故意的

两年之后,我们离婚了
铜镜,再没有出现

商鼎

家谱上的男儿,胃在萎缩
吃不下,一只鼎里的肉块

这影响把夏朝变成商代
不影响把火星当成归宿

我们的胡须,再也长不出
鼎壁上只可意会的花纹

鼎都是三足的,我们的两足
才能够在坚实的大地上站稳

我很想放满酒进去洗澡
出浴时,身上长满盔甲

更想把所有的鼎放回墓里
这样,男孩们不用长大
不用一言九鼎

良渚玉琮

远古的祖先只做两件事

一是杀人,拓展疆土
勇士的影子缓慢倒下

二是敬神,倾尽虔诚
太阳终被祭在蓝天上

都说这玉琮天圆地方
走过五千年
又回到原点,原来
地,也是圆的

鸡缸杯

啪！2.8亿，成交！
成就了金钱的梦想
击碎了良好的愿望

我没有这多钱。我只想
让农民工天天吃上鸡蛋
让他们的孩子吃上鸡腿
而我，吃半辈子火锅鸡肠

每逢节日，抱只大母鸡
看望天下的丈母娘

我没有这多钱
想，想也白想

拳大的杯
斗鸡的斗，斗彩的彩
从明代斗到当代
斗的何止是五彩

汉雕

历史的巨石滚落至前

你刀法洗练,刀起石溅
塑形,浮雕,线刻,打磨……

战死的霍去病,战马已死
变成石头也要践踏匈奴

待收刀,石马仰天长啸
退敌八百里,闻声丧胆
窦绾点燃宫灯,翁仲袖手
铜羽人衔来报捷的喜讯

随形雕琢,粗犷大气
寥寥八刀,重神轻形

再用这把拙朴的刻刀
雕出李冰的精神
雕出织女的勤劳
雕出马踏飞燕的潇洒

一个王朝从此有了性格
一个民族从此有了姓名

七 / 就是一块石头而已

玉 佩

云朵是柔软的石头
不着边际地飘来飘去

终于,下起雨来

朵朵洁白的云
落地就是和田的玉

这玉是天精地血孕育
这玉是孔圣人的比喻
仁义智勇洁,玉有五德
君子佩玉,无故不去

佩玉的将军用利剑杀人
佩玉的君子用文字杀人

荀况有话要说,这玉
就是一块石头而已

随 形 玉

都说玉不琢不成器

我偏喜欢随形的玉
只要够白,只要够润
看山,是一座山
看水,是一滴水
想看什么它就是什么

可佩,可挂,可盘

佩时与日月同辉
盘时与山川私语
挂时与冰雪同行

时光,天天磨
风雨,日日琢
随形的玉,成就大器

玉 环

我买来一只白玉环
肉肥,肤白,圆圆润润

把她佩在胸前,贴着肌肤
如丰满女人的身体
起初会感觉到她的凉意

泡温泉的时候,把她摘下
不料被人偷去,由此想起
安禄山喜欢过的那个妇女

玉 山 子

我把十万大山搬回家里
放在读书的案几

白天,听得见阳光铜色的声响
夜里,听得见月光白色的歌唱
看见一只鹿,一闪,跃进了书山

我有点自私,用很少的钱
把日月光阴,把山川精华
买回了家。不像那个渔翁
身披蓑衣,独钓寒江的雪

玉 玦

不用朱笔
不用言语

古人的绝情
更绝

把玉玦交给你
你将悲伤抛进相思的河里
浮起又沉底,千年之后
握在我的手里

犹如握着你的心
冰冷,残缺

玉 板 指

李莲英的床下
一定藏有一把弓箭
一把没有箭的弓箭

他要射杀的人一定是慈禧

要不然，他怎会带个板指
在前宫后院走来走去

遗憾的是，他的箭杆早已折断
遗恨在老家的房梁上

至死都没能射杀。只好把板指
带进墓里，等候博物馆的陈列

玉如意

女人如玉
玉如女人
皇上喜爱玉和女人

当晨露湿透了芳草
透过宫闱,一个女人
睡在皇帝身旁

皇上起床了,去上早朝
没去惊醒那个女人
正在做的皇后的梦想

一柄玉如意,皇上
轻轻留在她的枕边

玉 带 钩

古代,男人也系腰带
草民用草绳
布衣用布带
达官显贵用玉带钩

文人用玉带钩
钩住雅致
武将用玉带钩
钩住威武

八国联军来了
西逃的路上
输得没了裤子
玉带钩,钩不住
一个民族的耻辱

玉 璜

彩虹是条状的花
开得早也谢得快
祖先们用玉,固态了
转瞬即逝的美丽

是先有了玉璜
后有了思想者
再有了掷铁饼者
再有了维纳斯

我看见,风暴过后
一个怯懦的男人
把玉璜放进了衣袋里

玉 璧

玉有七德,其中有信
秦昭王不配拥有和氏璧

秦始皇也不配,但传说
这玉璧正睡在他的身边

如果有一天,皇陵见天
我要取出这稀世之宝
将她埋入卞和的墓里
再接上被砍去的双脚

我也曾有过一块玉璧
有谷粒,也有蒲纹
我把它让给了一位朋友
一位姓赵的好友

八

欲望是紧闭的血盆大口

专家

你说这件玉器
用了什么样的手艺

你说这件铜器
铸于康熙某年
真怕你再说下去

怀疑你是当年的工具
或是工匠流下的汗滴

你我生于同年同月
你的话比碳14还准确

墓 地

他用买一套房子的钱
几十年买回一房子古董

故宫有的，他有
大都会有的，他也有
那里没有的，他还有

不用申请，他已加入
国宝帮的队伍

他死后，妻子把古董卖了
全卖了，也买不回一套房子

只够买下一平方米墓地
把他安放在那里

寿 星

桌子,是明代的桌子
卧床,是乾隆朝的紫檀
案上,陈列着元代山子
吃的大米,也放在
宋代仿古的铜鼎里

他每年体检
都有新的发现
可他依然把清代的寿星
供在床边

画 廊

一家画廊
从左口袋掏出一幅油画
送去拍卖
从右口袋摸出一沓人民币
买它回来
三番五次。这位画家
便成了大名鼎鼎的人民币

研究员

口若悬河,河水四溅
手舞足蹈,像演小品

在史料里查不到他说出的文字
在表情包调不出他上演的表情

我走上台去,拍拍他的肩头
我说,古董,古董,只有古人才懂

都知道他是月薪八千的研究员
却住着价值八千万的别墅

赝品

一个才入行的小弟
问我,什么最贵
答曰:赝品最贵

赝品制造者开着大奔
心想,等孙子长大
让他仿制大奔

欲 望

欲望是血盆大口
总是闭着,不像一张嘴
更像情人吻你的双唇
当你毫无戒备
它会突然张开
不用害怕
它口味不重,并且单一
只吞噬人民的币

你 的

你说你从不卖一件古董
你要永久地收藏

你有结婚证,老婆是你的
你有房产证,房子是你的
你有出生证,命也是你的

这些是你的又不是你的
只有使用权是你的
更何况一件古董

骨 头

先去看多尔衮的坟吧
除了衣服还有骨头

就像一个贪婪的乞丐
吞下了中国的疆土

再去故宫看乾隆的大墓
除了一百八十万件珍宝
只有朝服,没有骨头

说

卖东西的时候
把清代的说成明代的
买东西的时候
把明代的说成清代的
退东西的时候
把清代的说成当代的

离婚的时候
你把自己说成受害的

强 盗

一个强盗终于金盆洗手
摘下了蒙面的工具
在阳光下,做起古玩生意
专卖逼真的高级仿品
一次他喝得酩酊大醉
大声叫道:我就是强盗

中辑

在远方画一叶白色的帆

一 / 写在画的留白处

等 待

画布在等待一朵玫瑰
玫瑰在等待一抹紫红
紫红在等待一支画笔
画笔在等待一个画家
画家在买回画布的路上

我 的

我的命,是阎王的
我的儿,是媳妇的
我的钱,是消费者的
我的古玩,是后人的

只有你,我的画
是我的!只有你是我的

看来是带不走了
那就替我烧了吧
我会在那边重新拼接

她

在自家小院里,我种花
最初种下的是草

花开了,我开始画她

一遍又一遍,用幻彩
掩盖着一遍又一遍的失败

酒喝多了,用右手去擦
熟悉的眼神邂逅陌生的家

叛 徒

警告了暖灰的闺蜜
使用了暗光的生褐

山路如绳,捆住了秘密

去大山深处,泡温泉
芙蓉出水的印度红
是出卖我的叛徒

月夜

白色画布
被打上煤黑的底色
如昨晚的夜

正准备画上房子
是谁扔下一块石头
击穿黑夜,如女人的拳头
圆圆的月亮,跳了出来
月光如一根银色的棍子

我坐在月下的小院
画一栋住着姑娘的房子

往事

我把秘密挂在墙上
妻子在下面走来走去

往事被油彩封住了口
我的家住在三十一楼

挂画的绳子突然断了
新买的很像一根绞索

吵架声尽量小一些吧
别吓跑画上我的秘密

情 绪

跟老婆吵完架
我去了画室

一遍又一遍
用粉红覆盖粉红
妖艳了再妖艳

一遍又一遍
用湖蓝覆盖湖蓝
忧郁了再忧郁

拿起粗大的排笔
从上到下,拼尽全力
画完了最后一捺

就像高潮退去
露出暗淡的礁石

有人敲门,我的情绪
写在来访者的脸上

新 娘

我喜欢赤身作画
这样的笔才不会僵化

一件件脱去老师送我的
华丽外衣
最后一笔是黑色
褪下了画廊预付的遮羞布

画上的裸女脱下学术的装束
这样也许失去了娶她的新郎
我签上我的名字,告诉她
这辈子做我的新娘

死 画

我手握一团涂抹的手纸
画布上的乌鸦刚刚消失

暖灰的油彩不再孕育精子
我的画,是不着床的卵子

他们恐惧活着的恐惧
走笔之时,早已快乐至死

表 达

我不喜欢国画的淡
也许是个性使然

我喜欢油画的烈
像牛仔驰骋在草原

调色板上七色杂陈
明暗对比爆发战争

我要学会取舍
用热情去表达忧伤
用忧伤去表达热情

最后一定要学会
用死亡去表达重生

纯 色

红色是纯色
蓝色是纯色
黄色是纯色
把两色搅在一起
也是纯色
把三色揉出一个色
是最纯的颜色

那 个

黑色就是风筝的引线
没有黑色
你的画不知飘向何方

盐巴就是佳肴的妻子
没有盐巴
这桌菜找不到她的家

那个就是画家的那个
没有那个
你的画出生即是夭折

看

看不见的东西
都是最无情的东西
就像这空气
就像我的年纪

看得见的东西
都是最温情的东西
如同你的眸子
如同我手中的画笔

黑 色 是 永 恒 的

先是黑色的线条
继而嫩绿
继而青绿
继而墨绿
继而又是黑色的线条
跟着油彩
我走进了永恒的黑色

写生

学习凡·高,我走向田野

我也选择土黄,可不知为啥
画出来的麦地一片一片地
变蓝。有红色河流婉转其间

有一只大写意的乌鸦
从身后,撞上猛烈的创意
如同撞击大厦的飞机
支起的构架瞬间倒地

凡·高死后,这片麦田
只生长蓝色的蒿草
不再养育忧郁的画笔

花

用表现主义表现花瓣
奔放而热烈的欲望

用笔锋点一点明黄
用印象派的印象,画蕊
突然,身体被蜇了一样

牙齿尖利的媒婆
为你的欲望,终日奔忙

心在狂跳,真想是个女人
与你袒裸相向

人类给私处筑起城墙
在墙外评论你的开放

工 具

我特别迷恋那片森林
每一棵树干都在顶部开花
斑斓的花瓣纷纷落下
一池湖水被染成一幅油画

我今天无心作画
呆看着一张白色的银幕
今天停电
胶片只能在回忆中放映

颜料在身旁堆积如山
无数个火山口即将喷发
工作服以及我的灵魂
都会被五彩的火星炙伤

画布与颜料历来不和
需要一种润滑的调和
调和油久了也会干涸
画上会分裂细密的龟纹

两个画家

一条狼狗,很多年前就死了
一树桃花,很多年前就死了
一段婚姻,很多年前,也死了

两个画家
用泪水调色
用醉笔作画

一条绿狗,在画布上重获新生
一树桃花,在画布上随时滥情
一段婚姻,在画布上悄悄进行

祭祀

远古的祭坛是圆的
我的祭坛是方形的

天圆地方,混混沌沌

我拿起我的神杖
装神扮鬼
指指点点
胡乱涂鸦

以此,祭祀我的往事
以及早已流逝的爱情

致 你

面对一片金黄色的麦田
晚辈以研究你而考取功名
美院的名册却查不到你的名字

你的画,如饱满的风帆
从不驶入色彩如泥的死海
却直抵我的心港
短促而张扬

你用最坚固的画框
也没能绷住我的泪水

桃子

当年我没有留下照片
当下的模特儿也无法再现
只好用表现之意去表现
一把木椅和一个桃子

我坐过的木椅应该老了
那个桃子它必须亮丽
我想把这幅画送给你
却不知你后来去了哪里

我决定把画卖给广告公司
木椅上有一个带叶的桃子
再配上这首诗
张贴在全国的每一间电梯里

紫 色

天地有七色
赤橙黄绿青蓝紫

我独爱紫色
把它写进女儿的名字

紫色,真是神秘莫测

我从没猜透
女儿的心思

某 画 家

最初你什么都画
苹果,鸭梨
紫藤,葡萄……

葡萄卖价最高
一幅葡萄可买一车葡萄

于是后半生你只画葡萄
你的身体被青藤紧紧缠绕
眼珠也变成无核的葡萄

终于有一天,葡萄的藤蔓
死死缠住了你的脖颈
毒蛇一样,越缠越紧……

画　笔

折断一支画笔
不影响一幅画的完成
我想折断所有的画笔
早已用尽了力气

你说，借我一根手指
也要让一只百灵腾空飞起

美　术　史

学会革命
才能走进历史

达·芬奇革了先辈的命
莫奈革了达·芬奇的命
马蒂斯革了莫奈的命
毕加索革了马蒂斯的命
是谁革了毕加索的命

一部美术史，血流成河

角 色

当下流行角色互换

画家用文字作画
作家用色彩写字

画家过去用油画赞颂美好
现在用文字鞭挞罪恶

作家过去用文字鞭挞罪恶
现在用油画赞颂美好

互换的还有囚徒的角色

身　　我想用身体作画

体　　用发达的肌肉画山
　　　　用脚趾头勾勒草丛
　　　　用身子滚出一条河流
　　　　最后，用半个屁股画月亮
　　　　另一半，画一轮绿色的太阳

　　　　只是想，去年做了手术
　　　　身体里被取走了胆囊

画　　她用诗画画
　　　　他用画写诗
与　　诗只能嫁给诗

诗
　　　　离婚后,他与她
　　　　一个用画布搭起婚房
　　　　一个用诗当他的新娘

血 色

把地球展开
是一块巨大的画布

用油彩去画
用丙烯去涂
都是一块白色的布

只有用鲜红的血
才能画出一幅图

色

画一棵树
绿的是叶
红的是花

天黑下来了
黑色是一块画布

美 人 痣

你这样画
会让我看得乏味
请我在色彩中
去找寻结构
去找寻细节
就像在她身上
找到那颗美丽的痣

野　兽

吃下汉堡和牛肉
在雪地，养大一只野兽
　　　放它出来
　　　它从不吃人
　　只吃纯色的油彩

针

画上的一所红房子
很像父母住过的房子

一幅画看在眼里
一根针就扎在了心上

离开画廊很久了
针己锈在了心里

二 色彩的诱惑

煤 黑

有一种颜色叫煤黑
来自远古的森林
用煤黑画出的树干
不必再用浓翠
也会长出茂密的枝叶

橙 色

最明丽的是橙色
像朝霞的橘红
蓝色是她的对比色
如天空的苍穹

黑 色

把所有的颜色
泼在画布上
呈现花海的缤纷
只有黑色
是花朵的根须

暖 灰

浅灰浅灰的暗调
画家们称之为暖灰
她能融化干涸的笔锋
她会温暖读者的内心

湖 蓝

为什么都叫她湖蓝
难道是用湖水提炼
在远方画一叶白色的帆
梦里闯进红色的船

土 黄

画土地当然使用土黄
只要画得结结实实
哪怕误入其他色滴
也会像种子一样生长

粉 红

总是轻轻挤出粉红
感觉在轻捏你的脸颊

紫 色

最先把你画上去的时候
你像鸟一样自由
渐渐加些杂色在你的
四周,你若隐若现
著名的紫色忧愁

蓝 色

蓝和绿,在色谱上是邻居
就像绿叶和蓝天的关系
从来都是天空洒下阳光
把枝叶染绿

玫 瑰 红

玫瑰红是用情欲制成的
不仅用来画花
还可以用来画血

纯 色

她喜欢用纯色作画
大块大块的蓝
大块大块的红
大块大块的绿
大块大块的……
从不交叉
从不互染
从不调和
后来才得知
她的星相是处女座

金 色

多么高贵的金子啊
多么辉煌的金色啊
西方人用她做皇宫
　　用她做权杖
　　　还有货币
东方人用她做龙椅
用她做装饰和官玺
金子的金相最稳定
　　入土千年不腐
女神欧若拉是她的名字
　　意即闪耀的黎明
可我们却叫她：土豪金

白 色

都认为白色无色
学术上却叫她全色光
明度最高,无色相
就像一个年轻女子
从不化妆

肉 色

肉色可以是白色
肉色可以是棕色
甚至黑色也可以是肉色
买回来的肉色,为什么
都是咱中国人的肤色

杂 色

五彩缤纷的群山
环抱着一池碧水
儿子折成一只白帆船
放在中间
父子共同完成了
调色板上的油画

绿 色

用色像子弹一样直截
纯绿色的狗
火红的一抹
绿狗,这世上只有一条
在他的画布上奔跑

黑 红

把红色涂上一遍
把红色再涂一遍
再把红色涂上N遍
从早晨太阳的霞红
涂到黄昏的黑红
涂成世上唯一的红

紫罗兰

那个名字朗朗上口
那个地方，怀春的女人都向往
到了那里，爱情会开花结果
那个地方有个紫色的名字
叫普罗旺斯

黑 白

色彩如野兽般张狂
马蒂斯是色彩之王
看的人无不叫好
一条狗，冷漠地走过
狗的眼里只有黑白两色

颜 色

这个星球上
所有的眼睛
都在看着这个世界
外星人也看着
这个世界
到底有多少种颜色

三 一条五彩斑斓的河流

一条彩练曼舞的河流
渐渐褪去七彩的颜色
如一条变色龙,惟妙惟肖
黑色,亮出锋芒毕露的刀
分段扼杀,不剩一丝骨渣

黑夜把所有色彩吸入黑洞
暗下去的河流即将死去
岸边的画笔齐齐垂下头颅
一个黎明冒充上帝,说要有光
光,便成了色彩的母亲

幸好下了一场及时的雨
干涸的河床淤积七色的泥
一群画家,在岸上呼风唤雨
贵如油的雨滴让淤泥泛起
顽童一样,画家们开始玩泥

这条盛产色彩的河流啊
如美女,引来众多好色之徒
他们拿着大号画笔,前来垂钓
一个个蓬头垢面,提着马扎

色料凝成的山,是河的源头
有人迫不及待,在树梢上下钩
一个姓马的外国人收获最多
他甩出的渔线,线条极其优美
红色和绿色的大鱼,争相吃饵

闻讯赶来的他，用大网捕捞
捞天边大块大块的晚霞
捞水中大片大片的云彩
回到德国，泼在画布上
站在桥上，呐喊着叫卖
他已被一条忧郁的小鱼咬伤
他不知道，自己会死的很早

一个专捞清晨的暖灰
和水面上的淡青
画出虚张声势的忧伤
骗小姑娘们的泪水
和白夜的一首诗歌
另一个专等红鱼上钩
把红色卖给发情的桃花
把钩上来的青青水草
喂给他心爱的绿狗

他牵着威亚农少女
少女迈着暧昧的步履
这个谢顶的老头儿
用牛一样的眼睛垂钓
专钓岸边石头的线条
他认为鱼是平面的
所有的石头都是立体主义

他真不该来到这里
用绝望的激情
点燃整条河流
芦苇、麦田、树木
农夫,乌鸦和山脉
河流两岸的一切
都在烈焰中挣扎、弯曲
知道铸下大错
他用燃剩的火药
将自己枪毙

清晨和黄昏时分
会出现一个人的身影
对着岸洼的睡莲发呆
他用印象偷偷采摘
回去制成标本
在画布上继续盛开

一天,一个怪兽横空出水
把所有的色彩撕碎
重新随意拼装的色块
如野兽般撞击人们的心扉
这个怪兽有些粗鲁,他说
去你的,爱谁是谁

十五世纪的一个画家
他钓鱼的高超技法
他画的微笑的少女
都已冲到下游沉入河底
他的技法至今无人可敌
他的少女被打捞上来
现居住在法国的博物馆里

这条色彩斑斓的河流啊
挟裹着赤橙黄绿青蓝紫
几百年来缓缓地流淌
用千变万化的色彩,养育着
一代又一代的画家,养育着
我们对色彩的渴望,养育着
人类对美和光的永恒向往

四 / 我的诗嫁给了我的画

第一封情书

占据画面中央的当然是那座拱桥
清代的拱桥下,流过几多王朝
裹挟着红砂石的河水像血
更像红色的爱情
那个年代的爱情是早产的婴孩儿
在暧昧的灯光下,一枚情书的炸弹
被母亲引爆
炸碎的纸屑似雪飘飞
约会的拱桥被盛夏的雪花覆盖
记得她皮肤黧黑
黑皮肤女孩总是比白皮肤勇敢果决
她在隔壁八班,甩一条粗黑的麻花辫子
晃来晃去
我一生都要谢她
让我收到心惊肉跳的第一封情书
那座拱桥
像厚厚的长城像一座坚固的碉堡
她在左下方,我在右上方
从此天涯海角
爱情从远古流到今天,在拱桥下渐流渐远……

沉重的窒息

第一眼看到这幅画
我想让你用心灵听见我的呐喊
那是茫茫黑夜的喘息,我没有蒙克勇敢
我瘦弱的身体
占据了你视线的三分之一
抬着一个病危的农民,用的是我的门板
给我力量的是黄土的幽香,是雄壮的山峦
坎坷的山路上几次跌倒
是月光将我扶起
用厚厚的温馨的暖灰
覆盖着你劳累不堪的身躯
袒露出的一只手臂,渐渐被麦苗染绿
感觉我的双臂越来越沉
沉重得快要窒息
在去医院的路上
你月牙样的灵魂早已飞向夜空
身体努力沉下,想亲吻养育你的这片土地

上帝早已后悔

发生的一切
都发生在天蓝色的背景之下
升腾的红色是血液凝成的一轮朝阳
只需要两个人就可以创造完整的世界
当然要有乳房
当然要有健美的身躯
一只没有血色的脚,跋山涉水
无足轻重
钱币更是不可或缺
圆润的线条包围孔洞
沿着雨水和箭头指示的方向
我们的祖先
用舞蹈和手语统治着地球
人类的眼睛比豺狼虎豹都小
更像阴谋诡计
上帝一定早已后悔
该让忠诚的狗和厚道的牛统治这个世界
世界不会是现在的这个世界
几百年后的画家还会去画他们的世界
画上的一切
再也不会呈现在天蓝色的背景之下

一 条 很 二 的 鱼

一条鱼,瘦得只剩下一副漂亮的骨架
还叫不叫鱼
这显然是一个诞生于2月22号的问题
很二很二地活着就会变成一条鱼
爱她也好,伤害她也好
她只有七天的记忆
她是一条鱼很快乐很二地活在人海里
有时贪吃贪睡,有时遍体鳞伤
有时唠唠叨叨,有时手舞足蹈
幸好海水是咸的有滋有味
可以杀菌消毒
我们相遇在画板上
一见如故
紫色用得不多,很像她的性格
圆满的红唇像吻像心
收下的手绢早已是古老的信物
深灰的手绢是浓缩的床单
她开着奥迪在上面绣出一只公鸡
打我记事起,没再流过泪滴
手绢依然是爱的信物
依然干净如初

走失的伊甸园

一个光腚的男人和一个赤裸的女人
这样子
就这个样子在这里
这里,便是他们的伊甸园
男人是红色的男人,女人是肉色的女人
肉色会孕育蝌蚪一样的生命
蝌蚪长大了会发出高潮的蛙叫
只有电视屏幕色彩斑斓
电视里的世界距伊甸园有万年计的路程
女人吃苹果
男人也吃青青的苹果
与亚当夏娃不同
吃完苹果他们脱光衣服露出羞涩
连酒杯都装满浓缩的红色欲望
席梦思铺在地上,女人的目光透过落地的窗
每栋板楼就像蜂箱里的隔板
每间蜂巢都住着亚当与夏娃的子孙
今夜他们是否也像我们这个样子
吃青的苹果,喝红的酒
他们是否找回了走失多年的伊甸园
肉色的女人这个样子躺在这里,静静地想

两个女同学

女同学叫小蔡,用茶杯倒满醉意
说一声:甩了
这杯酒直接把我甩到天山在云里蒙逼
新疆长大的汉族女子
毕了业
是一匹脱缰的野驴
从北的阿克苏来到南的罗湖
在深圳湾如鱼得水,依然用茶杯喝酒
偶尔也想起山城的天气,人泡在雾里
火锅吃的是情
冰啤喝的是熄
东边日头,西边的雨
大学三年没见过一条长江里的小鱼
还有葡萄,奎屯大曲
还有一个鲜嫩的水蜜桃放在藤椅,当年
若把桃核埋进后山的土里,今天
也是一树的桃花盛开像张淑影笑出的涟漪

白 色 的 流 浪 猫

年轻的妈妈把她带到冬暖夏凉的门前
说完叮嘱的话,从此不再相见
一只白色的小猫开始了流浪的生涯
小猫是很白很白的白,每天
守在五星级酒店大门外金碧辉煌的阴影下
客人给什么就吃什么
吃饱了,躲在远处用唾液清洗自己的身体
小猫独自成长
把宾馆当成自己的家
只是从不走进家的大门
从不进去
远看大厅藏污纳垢的奢华
耳听窗内见不得人的勾当
就这样,在大门外静静地守着白色
这只白色的野猫多年后还是一只白色的野猫
有一天,迎宾小姐对我说
很长的冬季,没有再见到这只流浪的白猫
我支起画架
找不到更白的颜料画这只猫的白
只好把黑色涂了一遍,又一遍,一遍又一遍
绿色仅剩一点

大 海 的 模 样

在狭窄的空间里
弦窗外的世界就是我全部的世界
在万米高空,与地球的边缘平行飞越
大地原本是一浪又一浪的山岳
是谁一声哨响
人们集合在一块又一块的水泥地上
被叫作城市的地方
于是才有了我们的相遇与相知
凌志显示出相识的速度
腕表记录下分手的时间
飞过一叶白帆和一片汪洋
这才想起
地球如果一直是大海的模样
我们要游进水产市场买油买米买盐
游进公司上班打卡
婆婆妈妈们,踩着海水,东家长李家短
如果发生战争,海水会被染红是血
我会潜入海底
吐出四个一串的泡泡儿
算是向你求爱

一棵树在生命深处

水,是一切的起源
万物都来自水,是透明的液体
山机蓬勃却看不见水的养育
一棵大树根植于生命的深处
水畔总有杂草丛生
我们的祖先躲进草木
用草用火用树
人类才体验到活着的温度
于是, 我们择水而居
在羊水中发育成型
在茶水中品味苦涩的期许
在大江大河的波涛上划一叶扁舟
在大海的咸淡中活得有滋有味
水,天上地下,周而复始
天空选择橘红与蓝色的对比
把空间留给两峰之间
厚重的剪影出现了
一棵大树挺立于生命的最深处

小 提 琴 去 了 哪 里

一个人的一生太短
只够演奏一首乐曲
长大后,我才忽然发现
那把小提琴的身躯像一个孕育的鸭梨
E弦唱出我干净的童音
A弦的忧愁,遗落在知青草屋的夜空
浑厚而成熟的D弦伴我为生计而四处奔走
G弦大幅度的颤抖犹如年迈的双手
总是想用音符的子弹
击穿世俗的篱藩
当年的未来是不可企及的紫色
飘在遥远的天际
我的小提琴不知何年去了哪里
直到有一天,听见深夜里的《小夜曲》
在小区里若隐若现
我访遍二手琴行寻找我丢失的梦想
共鸣我心弦的琴声从窗内飘出
我不敢推门进去
在门口东望西瞅
担心雪一样白的弓上马尾
会纠缠我早已青筋突暴的双手

走进永恒的黑色

我很幸运
一脚,就迈出了黑色
先是春绿
接着是夏绿
绿得两个人幸福无比地无比幸福
后来遇见秋季的苍绿,更加绿
最后又必然从黑绿走进了永远的黑色
记得我画的是梦见的场景
树藤是盘着是绞着是密着是无路可逃
便获知我的来龙去脉
只有太阳和我是红的
可惜红色也被黑色缠死
第一次走上绿色的通道
走进被粗黑线条活活窒息的山脉
早已看不见亲人的容颜
不知儿女是否安然
问候的线路还没搭好
树藤不是
亦无鸿雁
一根香,一柱青烟
到我这里还早

五 / 画的时候想到这些

相 机 何 用

如果道歉有用
要警察何用
如果画得逼真
要相机何用

新 娘 与 徐 娘

国画是半掩琵琶的新娘
油画是徐娘半老的婆娘

另 一 个 问 题

为什么画这幅画
为什么这样去画
莎翁忘了说
这是另一个问题

警 告 自 己

每一笔都有我的体温
每一色都有我的情绪
我警告自己,要小心

显 摆 不 是 艺 术

只展示语法与修辞
不是文学
只显摆学术与技法
不是艺术

诗 与 画 的 区 别

诗,是有画要说
画,是有诗要画

贵 在 创 意

创作贵在创
没有创意
只剩下作

画 布 前 后

画家在画的前面
灵魂在画的背后

不 要 指 责 他

不要指责他的画平庸
他已将自己全部呈现

取 舍 之 间

画家的艺术水准
藏在取舍之间

大 技 巧

不拘小节,是大技巧

不 是 牛 的 错

对牛弹琴
不是牛的错
一幅画
不能取悦天下人

遇 见 知 音

一张画分文不值
遇见知音
价值连城

去 问 一 只 鸡

去问一只鸡
先有技法
还是先有画

被沉重压死

画哲学
画历史
画人性
画政治
一块鲜活的画布
被沉重压死

才刚刚开始

油画几百年
这才刚刚开始

目标只有一个

你要过河
有桥有船有渡
目标只有一个

转身离去

向过去的大师致敬
然后转身离去

每人都是一支笔

每个人都是一支笔
在几十年的画板上
留下你的痕迹

涂鸦的瞬间

涂鸦出来吧
把震惊心灵的瞬间
挂在墙上

一 座 迷 宫

艺术是座迷宫
进去难
出来更难

无 法 毕 业

你画一辈子技法
至死无法毕业

不要画一棵树

可以画一片树叶
可以画一根枝条
可以画树干的断面
最好不要画一棵树

把画笔当刀

如果每个画家
把画笔当刀
将内心剖开
将产生多少惊世之作

巧 与 拙

巧,是浓妆艳抹的商女
拙,是朴实无华的媳妇

男 人 笔 下 的 裸 女

男画家笔下的裸女
都是用荷尔蒙画成

画 出 来 什 么

画不出高雅
画不出钞票
画出来的是道

奋 斗 的 结 果

踢球的人很多
梅西只有一个
由此想到绘画

画 笔 的 忠 实

你忠实于自己
画笔才忠实于你

什么就是什么

金子就是金子
银子就是银子
国画就是国画
油画就是油画

有出息的画家

不要克隆伟大
不要复制自己
探索是绘画的主题

各 玩 各 的

你可以画出汗毛
甚至画出细胞
咱不跟你玩这个

倒 胃 口 的 画 家

在中国看个展
你会看见
一个娘生的N胞胎

画 不 是 平 面 的

画是平面的
却凸现你血液里
流动的一切

都在画科学

达·芬奇画人体的科学
莫奈画光影的科学
毕加索画几何的科学
别忘了,艺术不是科学

上市的名画家

一个名画家
就是一只股票
买的是抛时的利润

活 画 与 死 画

有的画一出生就死了
有的画,永远活着

艺 术 不 会 遗 传

艺术家是天生的
否则,齐白石的子孙
个个都是艺术家

活 着 就 可 以 画

画家无画龄
你有童子功
他有老来乐

别 去 问

喜欢吃鸡
别问谁养的
喜欢一幅画
莫问谁画的

好 画 的 标 准

让你思索
令你愉悦
把你震撼
就是一幅好画

出 其 不 意

在色彩的路上
反其道而行之
往往出其不意

不知娃的模样

一怀娃
即知娃的模样
将多么无趣
意外之笔
有时是千古绝唱

文学与绘画

学会在画面上做减法
不是体育老师教的
是优秀的文学老师教的

好画不分大小

好人不分男女
好画不分大小

一系列反应

喝高了就跳舞
跳累了就画画
画疯了就自杀
自杀了就著名

停 止 与 前 进

发现方向错了
停止就是前进

一 支 画 笔

一支画笔
知进,更应知止
知浓,更应知淡

生活的悖论

把酒当水喝
把水当酒喝
把大画当小画画
把小画当大画画

谁会画画

几万年前
古人就在崖石上画
教美术的老师
不一定会画画

应该反应过来

用一分钟思考
用十分钟画完
用十年才卖掉
反过来才是王道

享 受 涂 抹

画坛不是圣坛
连儿童都知道
享受涂抹的快乐

不 要 做 奴 隶

你是画中人的奴隶
什么时候
做一回主人

不要当叛徒

你背叛内心
投靠你描绘的对象
叛徒是没有好下场的

一 个 道 理

你把油画画成照片
正如你不爱她
仍可以展示你的功夫

重要的是积累

把水蓄满
只需打开龙头

胆 子 大 些

大胆些
再大胆些
还要大胆些

关 于 工 作 室

你想活得久一点
不要去画油画
除非你有一个车间

画 出 灵 魂

你可以占有她的身体
但很难占有她的感情
你可以把她画得很像
但很难画出她的灵魂

枯 燥 的 讲 述

你用一种笔调
讲一件事
讲了一辈子

什 么 是 好 画

能用语言讲明白的
一定不是好画

都 怀 揣 孤 独

站在《星空》面前
几分钟后
没有人,是不孤独的

不消化的学习

吃进去很多名画
排出来的
还是很多名画

学 会 调 和

用调和油
调和着色彩的矛盾

不 是 用 的 画 笔

你用什么
把调色盘上的颜料
搬到了画上

时 代 与 机 遇

那一年,一群画家
站在十字路口
当下的画家
只能在胡同里行走

两 者 居 其 一

一个人
不可能同时戴上
画家和艺术家的帽子

本 质 的 区 别

用大众的意念去画
用自我的意念去画
有本质的区别

别 讲 话

画外音是多余的
你的画会说话

寻 找 视 点

近看全是笔触
远看一片模糊
视点就在其间

喜 欢 似 是 而 非

我喜欢这样的画
似是而非

世 界 什 么 样 子

面对白色画布
世界什么样子不重要
重要的是
你的世界是什么样子

一 码 归 一 码

做人须老实
作画须不老实
不然吃的是亏

处女座不可画画

水至清则无鱼
色至净则无画

体检报告

一根线条
就是你的心电图
一抹色块
就是你的X光片

有两样做不到

大师跟你的区别
一是你想不到
二是你画不出

想 起 了 德 国

一个出哲学的国度
出表现主义
不是为表现而表现
是为表达而表现

看 重 自 己

自由,自在,自我,自然
任何刻意都是愚蠢的

一 本 好 书

好画就是一本好书
每次读它
总有新意生出

下辑

废话篓子里的汉字

一

乾隆是乌青的祖师爷

致一位狂傲的诗人

我很想赞美你的诗
用最赞最赞的形容词
看你的诗时
让我热血沸腾
就像过年看燃放爆竹
五彩缤纷
眼花缭乱
红红火火
过后就是一地碎屑
满目疮痍
可是,我真想赞美你的诗
是真的想啊
真的想

向你要一双儿女

向白云要一片蓝天
向一粒麦子要无垠的麦田
向一条河要两条鱼
向一棵树要一片森林
我想向你，要一双儿女

你不客气睡了一晚

朋友说不是客气
你说别客气
朋友说你太客气
你说不是客气
怎么这么客气
真不是客气
你说你还没学会客气
朋友说你太客气
在朋友的小旅馆
你不客气
睡了一晚
第二天
还想再不客气一晚

第五局你又赢了

打乒乓球
赌一顿饭
第一局你赢了
第二局我赢了
第三局我又赢了
第四局你没输
第五局你又赢了
我没钱
我走了

怎么总是红灯

红灯,唉
又遇上红灯
红灯真亮
比绿灯亮
又是红灯
我有急事
老遇见红灯
还是红灯
想冲过去
怕被扣分
再等等
怎么总是红灯
一路红灯
真想停电
都是黑灯
总算绿灯了
但愿她还在老地方
等我

老婆在回家的路上

都说男人的手炒菜香
今天老婆过生日
炒她最爱吃的土豆丝
先洗锅,再放油
放的是玉米油
菜籽油有生油味
油热了放干辣椒
跟着放葱,放盐
该放土豆丝了
忘了冲洗
赶紧冲洗
干辣椒糊了
赶紧放土豆丝
正要放味精
手机响了
老婆在回家的路上
说在电话里,闻到香味了

喊你过来扫地

喊你过来扫地
喊了两声
你答两声
我喊一声
你答一声
我小声喊
你小声答
我大声喊
你大声答
我不喊你
你不回答
我只好自己
拿起了扫把

原来是她的牙齿

想很好很好地画她
把她画得很美很美
先用煤黑画了眉毛
那种很美的柳叶眉
又画了直挺的鼻子
鼻子也很美
她的鼻子真美
最后画她的樱桃小口
画了几遍都不美
又画了一遍
还是不美
原来是她的牙齿
长得太长
唇又太肥

外婆坚持带他去

外婆去买菜
想带外孙去
外孙不想去
外婆不放心
外婆想带他去
外孙还是不去
外婆坚持带他去
外孙坚决不去
外婆只好一个人去了
外婆买的菜
外孙最爱吃

实 在 是 太 新 鲜 了

青城山的空气
多新鲜呀
是真的,新鲜
像才剥开的竹笋
像才发出的豆芽
像才写下的诗句
像才分娩的婴娃
实在是太新鲜了
这空气,新鲜得
让我不忍心
再抽一口叶子烟

一 位 好 友 请 我 吃 饭

他点个菜
我点个菜
吃饭

再要一份拍黄瓜

要一份香酥花生米
要一份酱猪蹄
要一份凉拌猪耳朵
要一份油炸小黄鱼
要一份火爆肥肠
再要一份拍黄瓜
满上,干
今天不吃饭
只喝酒
酒过三巡
老板,再来一份拍黄瓜

四十年后的相遇

两个知青
四十年后
在乡下相遇
一个细皮嫩肉
抽着雪茄
开着大奔
一个弯腰驼背
握着锄头
一个说来寻根
一个只是笑笑
一笑全是皱纹
一个像儿子
一个像爹

乾隆是乌青的祖师爷

（两百多年前）乾隆低吟
一片两片三四片
五片六片七八片
九片十片十一片
飞入草丛都不见
（两百多年后）乌青高唱
天上的白云真白啊
真的，很白很白
非常白
非常非常十分白
特别白特白
极其白
贼白
简直白死了
啊——
后来乾隆对乌青悄悄说
他抄袭的是郑板桥

是不是有条绿裙子

记得她有一条绿色裙子
把她的脸衬得很白很白
非常白
比一般女孩都白
我记性不好
四十多年了
怕我记错了
很想打个电话问问她
是不是有条绿裙子
又怕她说没有
还是算了

废话篓里有好诗

当代的诗
大都矫情
为赋新愁
上了高楼
在楼上夸张
在楼上想象
在楼上比兴
在楼上
语不惊人死不休
真是矫情啊矫情
反而爱读乌青
有场景
有情绪
废话不废
废话篓里有好诗

十块钱

我卖书赚了十块钱
吃了碗面
用十块钱
就吃了碗面
卖面的买包烟
用了十块钱
卖烟的买一斤大米
用了十块钱
卖米的爱学习
卖米的用十块钱
买了我一本书

对一辆自行车扫码

去朋友家
对一辆自行车扫码
下起了细雨
后轮的护泥板掉了
溅我一身泥
停下,把车子架在路边
走远了
回头看去,一个姑娘
穿得像一朵花儿
正埋下头,在细雨中
对那辆自行车实施扫码

传 口 令

那时年轻,觉睡不够
夜晚站岗,一人一小时
当晚口令:猎狗
刘岗升传周克杰:猎狗
周克杰传赵建国:猎狗
赵建国传李建国:猎狗
(后半夜了,开始迷糊)
李建国传吴跃进:猎手
吴跃进传亢志成:烈酒
亢志成传祖玉林:猎狗
祖玉林传顾二妹:鬣狗
(天亮了)副连长收口令
顾二妹立正答道:鬣狗
什么狗都干不过鬣狗
鬣狗卑鄙下流
专会掏肛

今晚就想吃米线

今晚就想吃米线
那种细细的米线
那种白白的米线
那种热热的米线
多加些酸菜的
酸菜米线
加胶的米线好吃
不容易折断
不加胶的不好吃
一见筷子就断了
老板，来三两
加了胶的
酸菜米线

童子尿真贵啊

童子尿真贵啊
一泡尿
两块钱
咱爷儿俩打个商量吧
可否两泡合成一泡尿
你爹我挣钱容易吗
话没说完又尿了
老婆冲我喊
老公，尿不湿

非 常 非 常 傻

她很傻
非常傻
非常非常傻
常把自己的内心
以及身体交出去
很容易爱上一个人
很容易不再爱一个人
她经常是一个人
她说一个人挺好
她说，她不愁嫁

二 婚 祝 词

朋友二婚
朋友的朋友都去祝贺
我也去了
新郎新娘走过来
举着酒杯
全桌人都站了起来
也都举着酒杯
有人祝新婚快乐
有人祝白头偕老
有人祝幸福美满
有人祝百年好合
到我了，我祝他俩
过一天，幸福一天
说完我干了

全 家 人 玩 躲 猫 猫

全家人玩躲猫猫
在一套三的家里躲猫猫
爸爸最猾
躲的地方总会让儿子找不到
妈妈特爱干净
比较好找
脏的地方她从来不藏
外婆有点胖
没几处地方可以躲藏
儿子藏久了
会故意弄出声响
发现他时
他会主动出来
还会哈哈大笑

五十二岁学习抽烟

五十二岁学习抽烟
上来就是雪茄
直接跳过纸烟
后来生意黄了
改抽叶子烟
叶子烟劲儿大,又辣
当知青时抽过几口
那天该我看山
抓到一个偷柴的人
他递我一支点燃的叶子烟
没抽两口就醉了
比烈酒还醉
偷柴人背上偷的柴,走了

接 吻

男人和男人接吻
都睁着眼睛
女人和女人接吻
都闭着眼睛
男人和女人接吻
一个睁着警觉的眼睛
一个闭着陶醉的眼睛
不远处,有一条狗
睁着猩红的眼睛

突 然 想 到 一 个 词

遇到一截陡峭的山路
我的车爬起来吃力
发动机开始发怒
还是爬不上去
怎么加油都爬不上去
突然想到一个词
好像叫倒行逆施
我把车子原地掉头
果然奏效
倒车可以上去

多久没流过泪了

眼睛时常干涩
像转动的轴承
没有了机油
发出嘎嘎的响声
医生问我
多久没流过泪了
我想了想说
流过一次
得知母亲病危时

无病呻吟

无病呻吟
是病
没话找话
才是诗

废 话

我们习惯了说废话
习惯了写废话
如，雪白的墙啊
还有，用脚踢了一下
用手提了起来
用眼睛瞟他一眼
用牙咬她一口
可我们就是看不惯
有人用废话写诗
多么高雅的诗啊
读不懂的才是好诗
可是我忽然发现
如果有一面绿色的墙
雪白的墙就不是废话
就可以入诗

有一间自己的书房

买了新房
我想拥有一间书房
不要太大
也不能太小
摆一个沙发
挂几幅画
画里有我的秘密
没事就坐进沙发
让书柜里的书看我
用手机或电脑
发暧昧的短信
写无动于衷的情书
就是别打电话
门外有人说话

我的后知后觉

二十八结婚
三十一读书
四十六经商
五十五画画
六十三写诗
同年，重返江湖

他的名字叫李志随

我去墓地看一个老朋友
一个从小玩大的朋友
他的墓好找,不大
跟成百上千的墓一样大
1.3个平方米
也有一块墓碑
他叫小眼
1965年生,2006年卒
他的邻居叫张二狗
1986年生,1995年卒
碑上有照片,笑着
李志随是个大富翁
他遗留的人民币
可以买下整座墓地
他的墓只有1.3个平方米

玩 古 玩

新买回一块和田玉狗
卖玉的说是汉代的
说你看那游丝工
我很高兴,攥在手里把玩
发现游丝工很像机器工
使劲闻了几下
好像还有机油的味道
这也没啥,我玩古玩
常常我也被古玩玩

黑 色 比 较 庄 重

上午去参加一个会
站在穿衣镜前
先穿上黑色的裤子
特黑的那种西裤
当然是配黑色西装
扎什么颜色的领带好呢
红色显年轻
黑色比较庄重
想起不是去约会
是去参加公司党委会
从衣架上取下黑领带
扎上,出门去开会

床可是个好东西

一个精子和一个卵子
精子欢乐地追逐着
——在床上

一个母亲和一个婴儿
母亲痛苦地挣扎着
——在床上

一个老人和一个死神
老人愉悦地回忆着
——在床上

一个灵魂和一个尸体
灵魂缓缓地升浮着
——在床上

从 明 天 起

从明天起
我只要一个书房
和一张舒适的床
从明天起
我的要求很低
中午吃饱
晚上吃少
从明天起
我唯一的快乐
就是睡到自然醒
不再早起
从明天起
我要忘记
我属鸡……

我 不 在 的 时 候

秋天，我走在街上
路上，你来我往
天空，日出星落
大地，春去秋来
有一天，我不在了
还是你来我往
天空还是日出星落
大地依然春去秋来
可是，我不在了

小 眼 一 眯

认识你
从我记事起
那是1961
今年是2021
今日相见
你小眼一眯
我又回到了
1961

手 表

机械表像个半老的徐娘
上紧发条,唠叨三天
机械表都贵
电子表便宜
我喜欢电子表
只要电池充足
放上三年走上三年
你走你的
我走我的

所 谓 名 人

这是个什么都爆炸的年代
脑海里充塞着炸裂的碎片
这年代不再生产名人
这年代只分娩人名
一个人,一夜出名
如一个名人一夜死去
只需三天,甚至更短
他们的名字
便在记忆的户口簿上注销

人 生

平生无大志
笑看英雄痴
清茶一杯是人生
知己两三人
不谈天下事

所 有 的 往 事

所有的往事都在酒杯之外
杯子里装的只是醉
我又一次品出你的吻香
却看见,你把那天的湛蓝
抿出一片又一片的桃红
说好不醉不归的,酒却剩下
我们齐声说,剩下好
把剩菜打包,把剩下的话
装进酒瓶,各自带回家

吃饭

我不再请女人吃饭
浪费时间和金钱
老婆除外
因为老婆是老婆
你也除外
因为你是我
舌尖上的知己

你走了

你走了
带走了我的寂寞
孤独……
那热吻中的寂寞
那干杯时的孤独
望着你的大奔
绕过了一棵大树
从现在开始
我又是快乐的大叔

读 书

一本好书,应该是
一口气把她读完的
只有最后合上的时候
才把扔在书桌上的衣服
重新穿回她的身上
插进一排美女中间
我很讨厌读她的时候
她穿着不利落的衣服
影响我的雅兴
折断我的目光
在曼妙的裸体面前
包裹是那样的一种多余
而所有的思考
则是另一种多余的包裹

持 卡 人

插入云霄的烟囱,每天
把一缕又一缕的秘密
锁进了银行的保险柜中
只是一不小心,持卡人
也被锁入其中

二空安眠药

老是睡不着,一会儿一会儿的
一会儿想一个年轻的美女
一会儿想一个曾经的情人
一会儿想飞黄腾达的男友
一会儿想欠我钱不还的发小
总是想,睡不着
后来我发明一种自制的药
一是让大脑空
二是让肚子空
我叫它二空安眠药
这下好了,倒下就着

老婆带儿子回老家去了

老婆带儿子回老家去了
才走两天就挺想他们
想了就买樱桃吃
吃的时候,有时想他们
有时不想他们
吃到甜的就很想他们

想把父母接回来

父母都走了
留下一套空空的大房子
我常去打扫卫生
面对父母的遗像,有一次
我就想,把他俩接回来吧
也许是明年清明的前夕

老板是个女的

老板,宰半只甜皮鸭
宰半只甜皮鸭,老板
要头还是尾?
鸭脖子的肉瘦,有嚼劲
鸭翅肥,油水大
想了一分二十七秒
老板,要鸭翅
老板是个女的,脸红了

六千三百平方米

第一次见到这么大的家
有六千三百平方米
第一次见到这么大的屋顶花园
也有六千三百平方米
其实，房子大和家大是两码事

牧马人

我喜欢牧马人
不是喜欢牧马的人
是美国生产的一种
血统纯正的越野车
这个车真是结实
一辆车严重追尾
我也只好严重追尾
紧挨着的两声巨响
震人心扉
追尾的被追尾的司机
都赶紧下车察看
一个对我吼叫
一个向我道歉
我在车上抽烟

二 什么可让我的思想延伸

什么可让我的思想延伸

顿悟又叫忽然明白
顿悟是可遇而不可求的
我是在马桶上顿悟的
人类一直在延伸自己
近视镜是眼睛的延伸
助听器是耳朵的延伸
筷子是手的延伸
汽车是腿的延伸
电视是视觉的延伸
马桶是屁股的延伸
何时发明一种东西
让我的思想延伸

樱 桃 熟 了

母亲走了
父亲五年后也走了
留下三棵樱桃树
一棵大树两棵小树
每年四月挂满樱桃
樱桃熟了
一群小鸟落在树上
掉一地血红的泪珠

B 超

把上衣撩起来
一种油抹在肚皮上
这时,开始忐忑
开始紧张
有没有石头
有没有肿瘤
胎位正不正
是小子还是丫头
都不敢去问医生

回　声

　　　　　把一个石头扔下山谷
　　　　　　没听见回声
　　　　　把一块大石头扔下去
　　　　　　还是没有回声
　　　　　把一块像金砖一样沉的
　　　　　　石头扔下去
　　　　　过了一会，有了回声
　　　　　　下午回到城里
　　　　　　我们相爱了

植 物 与 动 物

植物和动物没有区别
都会长大
都会动
也都会死
只是没有风时
植物不动
还有就是
动物死在他乡
植物死在故里

这 是 一 个 好 学 生

有个画家勤奋好学
在美院跟老师学了技巧
毕业后一直画技巧
画透视
画线条
画人体比例
画色彩关系
临终前,在病床上
他说,窗帘和床不协调

我 这 个 人

偶尔有财
偶尔有才
偶尔有灾
偶尔不在

打 扫 她 的 闺 房

梳妆台擦一遍〈一分钟〉
梳妆台周围擦两遍（五分钟）
香水瓶每个擦一遍（十分钟）
沙发擦一两遍（一分钟）
沙发下面擦两遍（六分钟）
茶几上零食挪开擦三遍（八分钟）
两个花瓶擦一遍（两分钟）
穿衣镜擦一遍（一分钟）
鞋柜擦一遍（一分钟）
鞋都擦一遍（十分钟）
床下擦两遍（五分钟）
最后，把浴室的她擦一遍（不计时）

君 子 兰

君子兰真是不好养
水多了会烂根
水少了会枯叶
阳光偏了也不行
不施肥
就只长叶子不开花
君子也这样难伺候吗

有 爱 就 要 做 出 来

我说想吃苹果了
媳妇儿拿起水果刀
一圈一圈地削
很薄很薄地削
小心翼翼地削
果皮连在一起
削完垂到地上
然后递到我手里
像接过一个包子
薄皮大馅的包子
多好的媳妇儿啊
开着大奔也找不到
我俩从来不说爱
有爱就要做出来

富士山下泡温泉

富士山像个雪白的馒头
我在山下泡温泉
男女都不许穿衣服
不穿衣服才泡得尊重
泡……
泡……
就一个字:泡
泡得那叫一个舒服
水是温滑的
如女人的肌肤
泡去旅途的辛苦
泡后神清气爽

秋 天 又 来 了

秋天又来了
去买夹克衫
一楼卖女人脸上用品
二楼卖女人时装
三楼卖女人时装
四楼还是卖女人时装
五楼卖床上用品
六楼卖儿童玩具
七楼才卖男人衣服
一看,黑压压一片

去不去青城山

躺在床上就想
明天去不去青城山
那里空气新鲜
去吧,只有七十公里
还是要开很久,算了吧
如果下暴雨怎么办
如果天太热怎么办
下馆子又不卫生
有一家餐厅还行
只是味道很一般
很久没有自驾游了
要不要带上一杯茶
想着想着就睡着了
梦里开车去了青城山

一只鸟在叫

我在阳台上抽烟
下面是苍翠的森林
远方一只鸟在叫
一直在叫
叫声像吹口哨
一直在叫
像在面前吹口哨
像在耳边吹口哨
我写这些文字时
还一直在叫

森林深处

一群鸟叽叽喳喳
发出各种欢叫
有一声孤独的啼鸣
夹在其中
婉转而凄凉

三 米 宽 的 床

头一次睡三米宽的床
躺下望不到床的边
滚了一下,很爽

结 论

买了一斤樱桃
洗了洗吃
第一个有点酸
第二个巨酸
第三个是甜的
第四个还是酸的
第五个甜中带酸
第六个还是酸
可以下结论了
今天买的酸

知了不停地叫

门前树上的知了
一个夏天都在叫
使劲地叫
玩命地叫
声频极高
叫累了就小声叫
一会又大声叫
叫得人血压升高
叫得人心绪烦躁
叫声中读到一首诗
说岁月静好
当晚,我把树砍了

赶 场

乡下赶场好热闹
有人卖鸡
有人卖鸡蛋
有人卖菜
有人卖菜苗
有人卖叶子烟
边上一个人卖烟杆
有人铺开两张床
处理二手书刊
有一个人躲在角落
卖自制的光盘

一点一点的诱惑

嗑了一颗瓜子
舌头上的香很快淡去
赶紧再嗑一颗
又嗑一颗
让那个香长续
不停地嗑
边唠边嗑
所以才叫唠嗑
废话说了一火车
瓜子皮堆了一桌

体 检

没事找事叫事妈
没病找病叫体检
我不体检,我知道
车是修坏的
人是医死的

四月在宾馆里

后半夜三点十分
我按错了床头的按钮
按了SOS
救急人员天亮才敲门
我本想表达歉意
却说,当时心脏病犯了
他们向我表达了歉意
仅仅是表达了歉意

倾听一只鸟的叫声

在一群鸟的叫声中
极其认真地听一只鸟的叫声
极其认真
非常认真
特别认真
心无旁骛地倾听
想象她可爱的神态
用声音画她的样子
从羽毛、尾翼、翅膀
以及灵动的眼神

著名诗人的词条

那些无病呻吟的抒情
那些显摆技巧的比兴
那些东拉西扯的联想
那些故作高深的哲理
那些牵强附会的意向
那些居高临下的语气
那些乌烟瘴气的渲染
那些没有灵魂的汉字
那些牛头马嘴的用典
那些自以为是的才气
那些永不发芽的伏笔
那些相互著名的诗句

老牛与嫩草

把九头老牛
放到山上
发现八头
都吃嫩草
还有一头
实在是太老

人寿购买业务

一早醒来,打开手机
最有钱的50个人出炉了
第一个还是马云
平均年龄54岁
平均年过半百
我正在研究一项发明
人寿延长业务
十个亿可买一年寿命
这50人是我的潜在客户

猫 与 腥

钓到一条小鱼
喂给猫吃
猫今天不吃腥
猫病了
原来不吃腥的猫
都是病猫

同 桌 同 学

刚上小学的儿子
语文考了10分
问他同桌考多少分
他说98分
同一所学校
同一间教室
同一位老师
同一张桌子
他说，反正我搞不懂
她搞得懂

一 条 花 鱼

鱼在鱼苗的时候
都是单色的
有些还是透明的
长大后有的还是单色的
有的变成花色的
有的很花很花
都不再透明
猫爱吃鱼
尤其是很花很花的鱼

她 说

她说如果长不胖
瘦如干柴
就去楚国
如果长得很胖很胖
就去秦国
最好赶在楚亡之前

假 的

自古就有假话
　假话之后
　有了假鼻子
　有了假乳房
　有了假睫毛
　有了假头发
　　终有一天
　会有假心肺
　都假了之后
　假的就真了

她 离 过 四 次 婚

　她离过四次婚
　离一次发一次
　早已发成富婆
　她却不这样认为
说她跌破了发行价

无 言 以 对

读大学的时候
小魏的男友是个商人
见我床头堆着哲学的书
问我看这些有什么用
能赚钱吗
我说可以提高修养
他说修养可以赚钱吗
我无言以对。他起身
带小魏去逛解放碑

四 月 的 天 气

四月的天气
一天冷,一天热
热的时候
长腿的女人穿上裙子
让我想起我妈常说的
我妈总是对的,她说
谁会把金子贴在背上呢

挺好的一首诗

快要入睡之前
朦朦胧胧
想好一首短诗
挺好的一首诗
醒来之后
一个字都没记住
年纪大了
短期的记忆
功能丧失
剩下远方的记忆
证明我生命的长度

儿子的电话

儿子在宜宾打来电话
我想爸爸了
但我不想成都
幸好他没有反过来说

猪 一 样 生 活

饿了就吃
渴了就喝
困了就睡
想了就做
很多人已做不到了
像猪一样的生活

不 想 学 手 艺

一只鸡
不论是纯是炒
不论是烧是蒸
哪怕用白水煮
都好吃都香
一棵白菜
若好吃全凭手艺
我想做一只鸡
不想学手艺

心 情 不 好 的 时 候

喜欢不锈钢餐具
易洗摔不坏
遇上心情不好
重重地摆放
听咣咣的声响

成人游戏

打土豪分田地
是小时常玩的游戏
分到田地
我就是土豪,很快
又被穷人打倒
又去打土豪分田地
伴我长大的这个游戏
后来也是成人的游戏

民　国

我认识一位富豪
他有四个老婆
经常去他家喝茶
经常回到民国

胃　疼

下午的胃有点疼
想着胃就会很疼
想一会儿爱情
胃就没那么疼

桃 子 很 好 吃

我去买梨
梨卖光了
买了桃子
桃子很好吃
第二天又去买桃子
桃子卖光了
只有梨

两 株 玫 瑰

买回两株花苗
一株是玫瑰,一株还是玫瑰
一株种在院里,一株在家里
都种在美丽的青花盆里
院里的玫瑰花开得很大
花瓣风残雨破
家里的也开花,羞羞答答

女 人 啊 女 人

放糖就是甜的
放醋就是酸的
放盐就是咸的
遇火就会沸腾
遇冷就会成冰
女人啊女人
真的是水做的

想 看 看 当 年 的 我

买了一个青铜镜
锈从唐朝长到现在
我想把它擦亮
擦亮,擦亮
擦得很亮很亮
想看看唐代的我
今天是个啥模样

绘 图 的 人

从跑步机上望出窗外
是本市最大的公园
一直在图纸上荒凉
三年前终于动工了
一片葱绿
一片湖蓝
一片白沙地
一位民工告诉我
六年前的一个夜晚
绘图的人进去了

庄 稼

我可以在水泥地上
种出庄稼
不信
给我一个通风的阳台

怀念母亲

坐在医院的长椅上
母亲挨我很近
我问她刚才对医生说的话
怎么说住在长春的东朝阳路
她紧拧眉头,望着我说是呀
我应该说住在干休所呀
声音很软,接着把头依过来
在母亲76年辛劳的生命里
头一次,把长着肿瘤的头颅
软软地靠在她儿子的肩上
七个月后,母亲走了
我的左肩一直感到沉重

父 亲 的 手

每当看见
我握着方向盘的手
就会想起
毕生操纵战机驾驶杆的
父亲在病床上
输液的那只手
多像同一个人的手

天 定 胜 人

我有一个盆景
有山有水有土
有草,还有树
用香炉供之
每天烧香
供天供地
不供神仙
我不信人定胜天
我相信天定胜人

李 跃 进

想起一个人名
叫李跃进
好耳熟的名字
想了一遍认识的人
又想了一遍
没有一个人
叫李跃进

诗 的 礼 物

我不想跟你做朋友
更不要用你的诗做礼物
你的虚情假意
早从你的诗中看出

五十年的爱

十八那年和六十八的今年
都爱看书
十八那年和六十八的今年
都爱吃肉
十八那年和六十八的今年
都爱着同一个女人

一条金鱼

把鱼缸碰落
鱼缸走得太慢
一条性急的金鱼
跳出了鱼缸
重重摔在地上

鸟和笼罩

打开笼罩,她不叫
阳光下闭目睡觉
关上笼罩,她会欢唱
并且,上下左右地跳
这是一只酷爱黑夜的鸟

大 海 是 人 类 的 子 宫

我喜欢泡澡
每天早晚各一次
像最初在母亲的羊水里
四处碰壁
我喜欢游泳
每周一次
十个来回不歇气
更喜欢喝水
一把自己设计的古玉壶
泡遍普洱，绿茶，三花
从单细胞藻类
演变而来的人类
对水有天生的依赖
每个人都活在水中
大海是人类的子宫

同 一 天

我受孕的头一天
我死去的第二天
　　　是同一天

家 门 内 外

打开电视
看到的尽是豪车，豪宅
名包，名表……
跟朋友聚会
听到的尽是房贷，车贷
透支，借款……

山 崖

我亲眼看到一只大鸟
猛烈地撞向山崖
也许是双目失明
也许是抑郁难耐
也许是殉情而去
也许是生无可恋
我将她埋在崖下
另一只大鸟久久徘徊

总有一个球落在地上

我发球
他打过来
我打过去
他打过来
我打过去
他打过来
我没打过去
羽毛球落在地上

舍不得

从古玩城回来
买回一块玉镇
真是又白又润啊
包浆是她的年龄
多白多润啊
有点舍不得
让她再去做镇纸
有使用和欣赏的价值
就是一个好的古董
当个把玩件吧
看书时把她握在手里
搓来揉去

这 个 号 码 永 远 无 人 接 听

收拾父亲的旧物
拿起父亲用过的手机
擦去灰尘，充上电
想给父亲打一个电话
我拨通了父亲的号码
屏显出现大儿子的字样
响了很久，无人接听
我又打一次，直到听见
您拨打的电话无人接听
我这才相信，这个号码
永远永远，无人接听了

油 葫 芦

我有个兄弟
油葫芦是他的网名
他在网上很出名
他不像我，玩不喘气的古董
他只玩喘气的小动物
他一直不信我妈说的话
家有万贯，带毛的不算
他养的那些稀奇古怪
我都叫不上名字
很多网友跟我一样
看到那些稀奇古怪
只知道他叫油葫芦

无 用 的 书

在一个理工男的
豪华别墅里
床头上
茶几上
餐桌上
马桶边上
堆放的都是文学书
有用的人
都读无用的书

每 天 跟 很 多 人 永 别

我走在大街上
人真多呀
左一个，右一个
前一个，后一个
不断地与我擦肩而过
有人看着眼熟
有人看着眼生
我都叫不出他们的名字
都是第一次见面
也是最后的永别

今 天 我 请 客

11个男人坐在一桌
一个大大的圆桌
今天我请客,我说
看菜单,每人点一个
菜上齐了
我发现,没有重样的

小 时 候 的 想 法

小时候
躺在床上看天花板
就想,那么空荡
如果走在上面
吊灯的绳子会不会软
灯泡会不会打烂
长大后我坚信
这个世界不会颠倒

一见钟情

一个很年轻的男孩
说他喜欢很瘦的女孩
很瘦很瘦的那款
越瘦越好
我说你去墓地里找
你俩会一见钟情
一个女骷髅
会跟你走

红灯

出门左转有个路口
红灯总是亮得很久
有三分钟之久
有时比三分钟还久
我很是想不明白
每次都十分生气
今天碰巧停电
路口的汽车像个漩涡
蠕动着旋转
旋转着蠕动
我的车花了三十分钟
才通过这个路口

一支笔

我的一支笔
生来小心翼翼
小心翼翼地写作业
小心翼翼地写检讨
小心翼翼地写情书
小心翼翼地写支票
一不小心
写出了放荡的诗句

后边

今天还没去后边走走
那里人多,很热闹
有星巴克和面馆
几乎每天都去溜达
就是美女太少
尽是买米买菜的大嫂
大都徐娘半老
每天几乎都去走走
就像那里的一把椅子
一杆秤,一盏路灯
和星巴克的一个杯子

累着看

又是不爱看的外国片
不是不好看
是得累着看
看一眼画面
看一眼下面的文字
有时出个错别字
有时出个病句
没有主语
要想半天
说的是谁呢
等想明白了
又跟不上情节
又得看下面的字

抽 烟

抽一根烟
想一个问题
抽一根叶子烟
想十个问题
抽一根雪茄
想高级的问题
抽你丫的
打壶乱说
抽烟,就是一借口
借口抽烟

我说错了什么

朋友们都去吃
朋友儿子满月的酒
朋友们轮流祝福
祝他长命百岁
祝他健康成长
祝他智慧超群
祝他越长越像他妈
该我了,我祝他
少生病,别夭折了
所有人,用精神病人
的目光看着正常人的我
我就想,我说错了什么

春 天 的 雪

把飘零的春花收集起来
垒起,不断地垒起
比珠峰还要高的花山
亿万年后,变成花岗岩
用来形容人的大脑
花蕾因恐惧而不再绽放
坟头上的塑料花
在深夜之时悄然盛开
院子里用铁丝绕成的玫瑰
再没有一支敢于出墙
所有植物只生长叶子
有一年的春天,下雪
远方飘来上世纪的花香

秋 裤

叠一堆晒干的衣服
草草地叠了
唯有一条秋裤
叠得格外仔细
一条羽绒秋裤
跟了我一个冬天
去了趟新疆
去了趟安阳
更多时间待在家里
早已起球了
裤腰也开线了
整齐地放进衣柜
该是春眠了

四 大 金 刚

每次进京
一下飞机
就上酒桌
四大金刚齐聚
酒神小谢
喝一口便滔滔不绝
酒圣缪力
瓶子倒了他都不倒
酒仙尚国
一喝酒就想美女
酒漏子李楠
看封号你就知道

那时候年轻

那时候年轻
远在北京
她来电话
听到声音
就有反应

加 油

听人说过
加油站的油含水
每次加油
感觉在给车加水

进与出

上午在羽田机场如厕
熏风阵阵,戏弄窗纱
玫瑰展示生殖器官
在窗台上幽吐芳香
七筒卷纸在马桶旁
100次你也用不光
又是冲洗又是加热
水电为你服务成双
下午在成都大酒店吃饭
窗明几净,金碧辉煌
服务生,掠过一袭暗香
三人已干光两件啤酒
不想解手,肚子很胀
不知道去处是不是很脏

去唱卡拉OK

我们衣冠楚楚
我们大腹便便
一位服务生说
一看你们就是成功人士
我说，我父母双亡
他身患绝症
他离婚四次
他婆媳不合
他没有儿子
他出过车祸
走过豪华包间
领我们进了普通包房

中 国 亿 万 富 豪 年 度 死 亡 报 告

据官媒报道
中国亿万富豪,去年
72人死亡,其中
7人死于意外
14人死于死刑
15人死于他杀
17人死于自杀
19人积劳而死
这19人平均48岁

穷人的愿望

我是穷人
今年73岁
大口吃肉
大碗喝酒
不爱钱财
喜欢发呆
爱看美女
擅长行走
甩两袖清风

千里之外

早把北京的房子卖了
11年后,收到一个包裹
是6本书,打开就闻到了
千里之外,飘雪夜
当年家里的味道

分段洗澡

先洗头发
再洗头皮
洗脸
和脖子
洗完上半身
最后洗下半身
糟糕,中间这截
忘了洗

单 纯

单纯,是枚硬币
放家里挺好
走出门去
阴谋就会尾随

六 楼 之 下

半夜三更起来解手
听见重重的汽车关门声
接着听见两个男人在讲话
听不清他们在说些什么
你一句,我一句
像日语的发音
只听懂了那一声门响
沉闷,豪华
不是奔驰,就是宝马

要

要一个前门，一个后门
不再听见电梯里的对话
不再闻到电梯里的狗尿
不再被邻居的装修吵醒
不再听见楼上小便的响声
要阳光直接照到屋顶
要阳光照进每一扇窗子
要每一丝风穿堂而过
要小房子大院子
前院种花，后院种菜
炒菜时，去地里拔一根葱
要五彩缤纷，花开四季
玫瑰花香潜入梦里
要穿着内裤不拉窗帘
要夫妻吵架无人知晓
要叫出各种悦耳的声音
不担心隔壁的老王听到
要啊要，还要要
要回人的尊严
要两个人后半生的快乐逍遥
从明天开始，我要拼命赚钱

想 起 母 亲

在亮着一盏灯的夜里
醒来,时常想起母亲
想起她慈善的笑容
想起她微胖的身躯
想起她做的饭菜
想起她晾晒的衣服
想起她脑子里那些美好的想法
想起她一些幽默的话语
这些,已埋在了莲花山下的墓里

只 两 天

遇见一位中年妇女
聊天,她说只两天
给一个亿万富豪当过保姆
她说,只两天
她发现日子还可以那样过

三 / 我的诗两毛五一首

我 的 诗 两 毛 五 一 首

诗，到底是不是商品
我认为它是商品，所以
我把诗集交给出版社
有包装，有定价
50元一本
内装我的诗歌200首
平均两毛五一首

水 遭 殃

先是突如其来的暴雨
随后是雨打芭蕉的声响
一场春雨会绵延很久
雾气从门的上方溢出
笼罩着家具的山岗
她一个人洗澡
相当于十个女人的水量
于是我叫她:水遭殃

我 的 邻 居

我的邻居文质彬彬
从不吵架,摔东西
男戴黑框眼镜
女穿裙子过膝
小两口相敬如宾
是我们社区的模范家庭
五年前俩人去民政局离婚
因感情破裂证据不足
只好继续做我的邻居
年年都还是模范家庭

性质就变了

学习绘画
临了一幅陈子庄的国画
后来我把它卖了
性质就变了
说好听的叫临摹
说不好听的叫剽窃
说更难听的叫盗版
还有造假,还有伪劣
我很后悔
不该把它卖了
什么东西,一卖
性质就变了

时 间

没有摩擦系数
没有T的增压
采用定速巡航
永远均速前行
有时你觉得过得很快
有时你觉得过得很慢
你的心情
是时间的油门
和刹车的脚踏

夹江甜皮鸭

进夹江县城的第一个路口
十字路口右边，临街
有一家卖甜皮鸭的
四十五年前买一只约一元钱
母亲那时经常买给我们吃
鸭是仔鸭，不够兄妹三人吃
三十五年前买一只约十元钱
省城离夹江八十多公里
想了也会赶火车去吃
十五年前买一只约一百元钱
有车了方便时也会开车去吃
五年前买一只约一百三十元钱
很少去了，不是嫌贵
是肥胖的鸭子不再好吃

宏观与微观

一群追逐着一个
一个场面看得见
另一个看不见
最后的胜利者
用的是枪还是剑

罗萨舍酒庄

送你一剂良药
不是用来吃的
是用来听的
三分钟一个疗程
治郁闷
但不治仇恨

五 元 钱 的 回 忆

静,是一个可人的姑娘
去年冬天,我们的爱情无疾而终
最近一次见到她的名字
是当年我送她的一本诗集
扉页上有我动情写下的赠语
静,望你永远珍藏我们的诗情画意
上周,在淘宝上看到了这本诗集
我用五元钱买回了这段记忆

是 根 儿 烂 了

小李子买回一盆植物
金橘,一个直奔主题的名字
他天天浇水,月月施肥
期盼见到新的情人一样
期盼见到金橘
哪怕只有一个
在后来的日子里
他天天摘下枯萎的叶子
月月剪断死去的丫枝
有时像个农夫破口大骂
直到丢弃的那一天,他发现
根儿早已烂了

阵雨·知了

知了叫出的思念
饱含着躁动
让我走出悠闲
坐在阳台上抽烟
想起早年的山峦
那起伏的情感
那羞涩的小鸟
枝叶长出的希望
以及迷茫的一条河流
已全部装进，知了
叫出的阵雨之中

枕 头

不论去哪里,只要过夜
我都会带上我的枕头
不论是火车还是飞机
枕头,都在旅行箱里
宾馆的枕头
不是太软就是太硬
太硬,会梦见刀戟
太软,会梦见离弃
我的枕头不软不硬刚好合适
常梦见睡在我枕边的爱人
和天堂里唤我小名的母亲
还有很多很多温馨的场景
直到有一天,意外地发现
母亲用装进荞麦的时间
把她的愿望装在了里面
里面有一张母亲的字条
字条上写着:好梦成真
后来,不论走到哪里
我总会带上芳香的枕头
旅行箱里装着枕头
枕头里装着母亲的期翼

一 个 字

满月那天乱七八糟
童手抓起巨笔
用十吨好钢铸造的
笔尖鎏过六遍金子
先生只教他一个字
从一岁写到八十岁
如同拿起筷子吃肉
他却一天天饿成胖子
一天,他把巨笔
抛向一朵云里
命令自己绑上鱼漂
沉入明亮的海底

一 支 枯 笔

一支枯笔
在血池中浸泡
久了会长出新芽
会开花结果
最后,会悲壮地
死去

对 一 粒 草 莓 的 疑 虑

吃一盘草莓
都很甜
吃到一粒
特别甜
巨甜
一点没有酸味
是注了糖水
还是泡了蜂蜜
对这粒草莓
我心存疑虑

赶 场

每逢赶场
青城山下的茶铺
就是一张报纸
画眉传播着各路新闻
长虹大桥封了
镇长被双规了
张二棍考上大学了……
叶子烟透出供求讯息
谁家的小院要出租
谁家的蜂箱要转场
山上的道观聘厨师……
品的最久的是姚寡妇出嫁
泡在越喝越淡的茶水三花

孙 疯 子

在孙疯子眼中
所以人都是疯子
疯子是个劳动者
他创作诅咒的舞蹈
他生产真实的谎言
他写下卸下伪装的诗句
他谈论的官职止于县级
一瓶烈酒,即刻点燃
他血液中独语的火焰
回到家里,他更加疯狂
会在微信上破口大骂
如泼妇站在正午的街上

两 个 男 人

路边站着两个男人
一个面有菜色
一个大腹便便
一辆迈巴赫从面前驶过
一个暂时还买不起
一个随时可以买一台
一个眼里燃起了希望
一个眼里熄灭了欲火
一个幸福
一个麻木

城 里 的 蚂 蚁

我是都市的一只蚂蚁
奔走在瓷砖间的缝里
我很想告诉你们
今夜有暴风雨,可是
人们听不懂我的话语
他们只相信
央视今晚的天气预报
今天夜间多云转晴
全城的人还在梦里
一场暴雨半夜来袭
于是我告别了这座城市
暴雨送了我四十七里

窗台上的盆景

窗台上有一株盆景
像一棵苍老的侏儒
我叫不出他的名字
春天发嫩绿的叶子
夏天开白色的小花
秋天落一窗的黄叶
叶子上有蚂蚁在爬
冬天像枯死的大树
他就是时光的化身
告诉我四季的变迁

欲望

我认识一个富可敌国的老板
今年刚满67
他吃遍山珍海味
早已没有了食欲
他也读过几本书
也没有了求知欲
他游遍世界各地
他拥有豪宅名车
如今,整天待在家里
吃饭,睡觉,玩手机
在我眼里,他早已死去

三 这 个 数 字

一生二
二生三
三生万物
领导爱说,我讲三点
打麻将的人,常说
三缺一
三,怎么可能缺一

温 泉 也 在 泡 我

我常去青城山
泡豪生的温泉
泡温泉很舒服
我从塑料袋里取出手机
告诉她,我在泡温泉
她不相信我在泡温泉
我发誓我正在泡温泉
其实我知道
温泉也在泡我,因为
温泉里泡过很多美女

朋 友

有的人,可以做朋友
有的人,可以做生意
有的人,可以做朋友又可以做生意
这种人,很难得
更难得的,是又做朋友又做生意
偶尔做敌人

原 点

停车,去个小镇
走着走着
发现方向错了
向前,离小镇十里
返回,离小镇十里
我站在错误的原点
树尖上的一只斑鸠
跳来跳去
沉默不语

母 亲 节

母亲节到了
物业送来一枝康乃馨
粉色的
带点黄
我驱车40公里
把水放进瓶里
把花插在水里
用双手
把康乃馨放在母亲坟前
驱车56公里
回到家里

时 光 与 时 间

其实,只有时光
没有时间
人类发明了钟表的同时
发明了时间
后来又有了日历
有了年月日
人类用时间恐吓自己
时光默默无语

盖 新 房

下乡时
看乡友华盖新房
动土,吃酒
上梁,吃酒
房子盖好了
还要吃酒
吃当年的跟斗酒
院子很大
有两座坟
爷爷那座有一百多年
他爹那座有五年
他的新房才落成五天

不一样的烟杆

我抽农民爱抽的叶子烟
收藏了很多烟杆
用不同材料制成
有阳绿欲滴的翡翠
有飘浮红云的玛瑙
有典雅高贵的象牙
有温润可人的白玉
有泪珠垂落的斑竹
有黑白纵横的墨玉
有价值连城的K金
有包浆淳厚的黄铜
有沉重压手的白银
还有暮色苍黄的寿山石
我都用它们抽叶子烟
味道都一样辛辣
都一样干苦
都一样呛人
都一样纯粹
跟农民伯伯抽出的味道
一模一样

黑 白 分 明

一辆白车
一辆黑车
又一辆白车
又一辆白车
又一辆黑车
又一辆白车
街上跑的车
黑白居多
由此判断
人类喜欢黑白两色
人类还分得清黑白

讲 究

泡茶的时候
我要把水烧开
烧开一遍
又烧开一遍
还不放心
再烧开一遍
把细菌彻底杀死
朋友说这样致癌
我很奇怪
这么讲究
无菌无害
怎么会致癌

两 个 诗 人

一个诗人
从牙膏里挤诗
挤出的诗奇形怪状
花花绿绿
另一个诗人
打开水龙头放诗
流出的诗
有水的声响
流入下水道
流入废水池
一池的好诗

活 不 过 一 棵 树

很想回夹江看看
我和父母住过的房子
用红砖砌成的房子
看看父亲种下的那棵树
门前的一棵榕树
看四十二年后的树
如何遮天蔽日
又怕看见会伤感
毕竟我和父母
都活不过一棵树

看山

队长分派我看山
看山真是个好活路
看到的月亮比平坝低
又大又亮
看见一串夜露
在月光中长大
看见一只野兔
划出一道弧
嗅到迎春花
吐出嫩黄的芳香
听到露滴长得太胖
跌落草丛的声响
看见人类在夜晚睡去
看见万物在夜晚醒来

对应

我们的眼睛
对应所有的色彩
我们的耳朵
对应所有的声音
我们的舌头
对应所有的味道
我们的双脚
对应所有的道路
我们的疑问
找不到对应的答案

爱 情 的 寡 妇

今天是5月12日
让我想起一个女人
灾难,让她永失相爱的丈夫
妇联可真是妇女的娘家
很快为她重建了家庭的废墟
后续的那个丈夫,用冷暴力
摧毁了重建的家庭
妇联的婆婆尽心尽力
可是下一个丈夫
去了广州再没回去
大雨滂沱的一天夜里
她赤身冲进漫天的雨里
伸张双臂,冲天呐喊
谁来为她重建爱情的废墟
今天,一个诗人写道
她注定成为爱情的寡妇

真 想 活 在 梦 里

我常常做梦
几乎每晚都做
有的梦首尾相连
有的梦断壁残垣
以至于我分不清
醒着是梦或梦着是醒
我更愿意生活在梦里
在梦里,分手的情人
重归于好,不再争吵
在梦里,我会飞翔
在梦里,父母仍然健在
可以吃到母亲做的菜
在梦里,梦想会实现
在梦里,我不会死去
即便死去,醒来依然
活在另一个世界里
晚上还会回到梦里

分明是两个男人

我是一个男人
李奇是另一个男人
我俩相约去体检
结果像一个人
都63岁
都身高一米七八
我体重82公斤
他体重82.5公斤
都轻度脂肪肝
都心电轴左偏
都前列腺肥大
都二尖瓣反流
都血管弹性减弱
都非萎缩性胃炎
可分明是两个男人
我叫张进
他叫李奇

吸烟的人

老贾递过来一支香烟
让我想起吸烟的危害
伤肺伤肝伤气管
伤害我的味蕾
伤害口腔黏膜
头发衣服被子上
烟味经年不散
正犹豫接还是不接
邻座的茶客白我一眼
我接过老贾的香烟
点燃,狠狠吸了一口

母亲的心思

母亲是东北长春人
一辈子喜欢男孩子
母亲的福报很好
有两个儿子
有一个女儿
有两个孙子
有一个外孙
有一个孙女
母亲带着孙女散步
带孙女转转呢
每逢有人这样问她
她总是会这样回答
是呀，我孙子在家里
说完总是会笑一笑

在细雨中发呆

想找个农家小院发呆
院子不要太大
最好有两垄芹菜
最好有一个水池
中央再有座假山
蓝蓝的像浓缩的海
如果有一棵果树随便什么果子都行
红红的只挂一个
那就更好了
当然最好主人不在
让一位老人,在细雨中
安安静静地发呆

不 期 而 至

想起不期而至这个成语
觉得从容不迫真是难得
每个人都曾不期而至
生命不期而至,来了
手机不期而至,丢了
恋人不期而至,爱了
彩票不期而至,中了
感冒不期而至,得了
孩子不期而至,生了
苹果不期而至,烂了
不期而至,有太多太多
最后是死亡的不朝而至

都 弄 反 了

很多人和事都弄反了
连我的梦也弄反了
天空是红色的
云彩是青色的
桃花是蓝色的
花蕊是绿色的
树干是白色的
树叶是黑色的
只有土地是黄色的
是厚道和诚实的
醒来想想当下,确实
很多人和事都弄反了

飞 来 飞 去

春风把翠绿铺满大地
是鲜花们相爱的时季
月季,玫瑰,紫丁香
桃花,梨花,三色堇
紫薇,山茶,白玉兰
海棠,牡丹,虞美人
雌花雄花,素不相识
勤快的媒婆飞来飞去
把爱的深意悄悄传递
甜言蜜语让雌花怀孕
把胚胎交给大地孕育
他们吮取着天精地血
美丽的孩子明春出世
这就是今春我的梦境
梦见我变成一只蜜蜂
在百花丛中飞来飞去

四 一生短于三行墓志铭

1

大提琴奏响
五分钟后
没有人,是不孤独的

2

因为快活
一天
只有一指长

3

说出时间这个词
时间
已成过去时

4

黑白分明的铁锹
把一代人
埋入土里

5

我搬不开
母亲和我之间
一块薄薄的墓碑

6

燕子飞越冬天
一粒种子
遗落在春的大地上

7

吃下安眠药睡不着
比不吃安眠药
还要痛苦

8

生活暧昧不清
偶然主宰一切
战争始于一声枪响

9

最好的赐予
是赐他一个美女
舌吻有毒汁的爱意

10

打从认识这个字
活着
便失去了意义

11

一粒尘埃
引发惊天动地的喷嚏
惊醒沉睡的路人乙

12

看到陌生的人名
目光没有温度
两至三个冰冷的汉字

13

越喝越浓
同一杯茶
越喝越淡

14

瞬间的空白
从此空白
是两个植物人

15

一条毒蛇向你游来
看见七寸的同时
看见了喷射的毒液

16

李小二又叫李小眼
隔两条街
我也能认出他来

17

一天过得有多快
一生就有多快
哎……

18

都是先当孙子
后当爷
有人生下来就想当爷

19

肚子很痛
越来越痛了
这时想起了妈妈

20

雨蛙跳出一条弧线
一片荷叶静下来
一片荷叶在雨中摇曳

21

总觉得他的糖甜
长大了
总觉得他的媳妇好

22

现实若被虚构
一棵钢筋大树
结出丰硕的乳猪

23

站在时光的河畔
人类说
我用分秒计算流量

24

真舍不得离开
想看那枝牵牛花
爬上坟头

25

如果我老年痴呆
愿用我的生命
换回我的尊严

26

生日卒日姓名
一个人的一生
短于三行墓志铭

27

躯体是智慧的
大脑
不要自以为是

28

狮王占有群山
富豪占有金钱
都占有众多雌类

29

最有营养的是亏
有人营养不良
有人身心健康

30

我有个女友
名叫许君如
已离婚四次

31

我开着汽车
漫步在都市的河流
找不到停靠的码头

32

　　黄叶子要掉
　　青叶子也要掉
　　是叶子都会掉

33

　　从一个裸体的背面
　　你读不出
　　她真实的年龄

34

　　一棵树在春天死去
　　比死于冬天
　　更加悲壮

35

我在山崖上镌刻
这个星球上
我们人类存在过

36

买车如同娶妻
路很长
并且坎坷崎岖

37

植块草坪在窗台上
每天早晨
会闻到儿时的清香

38

盛夏正午的阳光
晃得城市睁不开眼睛
一条狗在车内睡觉

39

把一只猫的欲望
装进房车
去丽江流浪

40

今生最大的遗憾
没有来世
不能做一回女人

41

恶之花
渐渐绽放
养育它的叫善

42

这东西像水
少了,渴死你
多了,淹死你

43

阴云密布
蚂蚁在搬家
燕子开始低飞

44

打开你的微博
很多蚊虫
在议论冬天的雪

45

大哥挣钱
小弟花
总有一个出口

46

透过竹板间的缝
在课与课之间
我看见雪样的白

47

你走的那天
狂风暴雨
这样的天会想你

48

鱼跳到岸上
人潜入水底
不知谁先死去

49

很想跟你聊天
最好在中间
隔着一道窗帘

50

我今年63
我今年33
我有两个年龄

五 很想读到这样一首诗

1

女人，要有女人的样子
男人，要有男人的样子
油画不是国画
国画不是油画
诗，要有诗的样子

2

一首好诗，很长很长
超过三行，就太长了

3

在一首诗里
由鸟写到树
由树写到枝
由枝写到叶
再由叶写到鸟
有一天根儿烂了
死了一树的诗

4

随便百度一个人名
前面加上诗人
这个人一定写诗
诗人比农民还多
诗人不种粮食

5

苦难分娩了诗
分娩的时候
更加苦难

6

小说家把芝麻说成西瓜
哲学家把西瓜说成芝麻
记者把西瓜说成西瓜
诗人,会让芝麻开花

7

吃蜂蜜长大的爱吃苦瓜
吃苦瓜长大的不吃苦瓜
我喜欢品余秀华的苦
喝刘年的醉
偶尔尝尝张二棍的悲怆

8

画一个月亮
是一首诗
写一个月亮
月亮还是月亮

9

养一条狗十年
为狗写诗,是诗
写别人养的狗
是别人的诗

10

春天来了
种下一垄一垄的汉字
有人颗粒无收
有人收获玉米

11

不好好写字叫书法
不好好说话叫相声
不好好唱歌叫摇滚
不好好走路叫舞蹈
不好好修辞叫写诗
不好好写诗,叫大诗人

12

坟头的树荫下
碑上有两个人的名字
风吹过,下起桂花的雨
我默默念着
无处安放的诗句

13

现在的诗坛
更像祭坛
供放着毫无快感的呻吟
和吃了伟哥的呐喊
祈雨,不见泪水
祭雷,没有回声

14

出门看山,山很美
杂草丛生,乱石穿空
回家看盆景
新生出一株杂草
刺痛了我的眼睛
坐下来读你的诗
边读边铲除杂草

15

我想跟你等价交换
用时间交换你的诗句
后来发现我吃亏了
却不知去哪里投诉你

16

在铺满白雪的田野
我种下诗的种子
待白雪化去,土地泛黄
收获几粒干瘪的果实
甭说养活妻子和儿子
都养不活我自己

17

每一个字都是播下的种子
冬天,它们抱团取暖
春天,争相破土成长
有位编辑挥舞锄头
犀利的起落,连根铲除

18

要建多少戒诗所
才关得下犯瘾的诗人
不给他们纸和笔
也不给电脑和手机
春节前夕,开个赛诗会吧
结果,从周一唱到周七

19

读的每一个字,都是钉子
牢牢钉在你的心里
你轻轻放下一本诗集
像削去一个鸭梨的皮

20

对于诗,标题是多余的
因为每一句都是标题

21

如果你只是想说话
建议你去楼下找婆婆妈妈
或者去对一头牛唠叨唠叨
要不就蹲在树下看蚂蚁搬家
千万别去写诗,算我求你

22

他写诗总要用两支笔
一支钢笔,一支烟笔
窗外很远的椅子上
一位老人不住地咳嗽
他掐熄了烟头,想戒烟

23

不要在夜晚读诗
不仅失眠
灵魂也会出窍

24

你不会讲话没有关系
不会写文章也没有关系
东一句西一句也没有关系
前言不搭后语那就更好
把你的话搭成长长的阶梯
你就登上了神圣的诗坛

25

写了诗,就不想写小说了
尤其是长篇小说
连情书也不想写了
就像做了古董商
就不想再卖火锅了
整天喝茶吹牛晒太阳
就把生意做了

26

在电脑里埋下一粒情种
听它在夜深人静时拔节
再刮一场风花雪月
到了春天,收获桃花的妖冶

27

很想读到这样一首诗
只读一遍
醉上三天

六 / 我们都是二校子弟

学 生 灶

掌勺的有颗大金牙
会炒素的莲花白

绕过几张桌子
躲过一群少男少女
送她一个飞眼
正撞上她的目光
当吃下一片甜烧白

总是小心翼翼地吃饭
细嚼慢咽
心怕吃到一颗金牙

沙 家 浜

聚集一群大院子弟
演《沙家浜》全剧

那时太小,不知道去
跟阿庆嫂谈一场恋爱
倒是听说,穿军装的队长
跟穿军装的副队长好了
只是好了,没有结婚

演刁德一的李小二
长大成了坏人
演郭剑光的刘凯航
(这名字正义凛然)
没长大就成了坏人

我演小王,期末考试
成绩全班倒数第四

我 们

那个年代
没人指导我的生活
如一粒草籽
撒在跑道边上
长得太快会被铲除
慢了,抓不住泥土

还有李小二,三胖子
马小五,刘泡子……
都是草,吃着露珠儿
没有人,长成一棵树

子弟学校

县里只有一所中学
装不下大院的孩子
子弟校就建在营区东头

男生除了上课
就知道打架,踢球
女生除了上课
知道每天换一套衣裤
知道跟穿军装的教员
说说笑笑,眉来眼去

偶 遇

蟠龙镇有棵黄桷树
树下有个茶铺

李小二开着奔驰去吃茶
偶遇小学同学老巴
不远就是当年的学校
于是两人先感叹岁月

李小二大谈风云和风月
老巴讲起对一支铅笔的偷窃

老巴脸上和手上布满皱皮
比明代的树皮还要苍老
看上去，像李小二的爹

强 和 丽

一个叫强,一个叫丽
奶奶说,听名字就是一对儿

丽,嫁给了强的飞机
强,娶了丽的美丽

我把字写在纸上
烧了
告诉奶奶,他俩离了

公 共 浴 室

这里只有男人和男孩
看不到军装上几个口袋

首长给战士搓背
战士给首长淋水
说笑和雾气相互追随

突然,咣的一声钝响
如一坨肉砸向案板

滑倒的是威严的黄副校长
板着脸,光着腚
浴室里,顿时,安安静静

夜泳

翻墙进入泳池

全都脱光
如天上的月亮
赤条条的白

一个猛子扎下去
击碎一池月光

下去就不想上来
池水里,还留着
她们中午的目光

卫 生 所

知青点离卫生所很远
我离卫生所很近

为躲避农忙的太阳
假装鼻炎
住进了医院

第二年招聘飞行员
还剩最后一关
有人告状
告状人的儿子当了飞行员

爸 爸

07，07，请求着陆
可以着陆
07 明白

塔台指挥员告诉我
这是爸爸的声音

呼唤从云端传来
却觉得近
像早晨叫我起床

翅 膀

遇上飞行日,上学要绕行
走累了,在机场尽头躺下

阳光刺目,画面很俗
蓝天,白云,黄色的太阳

擦胸掠过一只绿色大鸟
看得见父亲刮剩的胡茬

那一刻,我迷恋上一双翅膀

我 的 三 原 色

六十岁,体检色谱
只能认出 ——
绿色,蓝色,和灰白

我争辩说
我不是色盲

我说机场是绿色的
天空是蓝色的
跑道和飞机是灰白的

记忆是不会褪色的

露 天 电 影

银幕上的人不谈恋爱
看电影的少男少女
心里都揣只兔子

占位置,两个马扎有十米
散场时不到半米

那个年代,挨得近一点
就是恋爱

桃山

每逢春天
就降下一片红云

落在桃山上
染红了领章
染红了帽徽
染红了儿时的梦想

折根树枝,玩打仗
一朵桃花插在枪口上

老了,才想起
没吃过山上一口桃子

邮 筒

部队换防了
小邮筒还挂在原处
锈迹斑斑

会开口说话该多好
请告诉我
谁揭发过谁
谁给谁写过情书

我要谢谢这个邮筒
当兵的时候
每周会收到母亲的信
瑾儿,近来可好……

温 州 兵

每逢星期天
温州兵就戴上手表
穿上皮鞋
去县城逛街

现在说起温州
就想起那些手表
想起那些皮鞋
想起温州的兵

机 场

机场的夜空
比周边的低旷

躺在草坪上
星星挂在睫毛上
哪里是我的机场
何时放飞我的翅膀

一条绿色的蛇
正游向我起身的地方

故 地

五十年后,重返故地

想看看机库
想看看父亲的办公楼
想看看地黄摔跤的澡堂
想看看路灯下
她坐过的那把双人椅

如果这些都在

说我们在这里长大
哨兵说无法证明
也是,记忆无法打印
无法制成证件

想想也许多此一行
想了,就在回忆中游荡

小 岱

学生灶前有个池塘
　把剩饭倒进去
　红色的鱼很肥

小岱不慎落入其中

冲岸上笑笑，一双大脚
　穿着解放鞋自由飘浮

他不上岸，就这样飘浮
　身边起伏着剩菜剩饭
　和红鱼睁大的双眼

后来，他选择在美国上岸
　上岸已是身价亿万

大 礼 堂

下大雨了,就在那里看电影
想讲话了,就在那里做报告
年底到了,在那里开总结会
剧团来了,在那里唱歌跳舞

方方正正的大礼堂
如今像老人干瘪的嘴
掉光了门窗的牙
只有穿堂的野风在唱

水 塔

红砖砌成的水塔
　直插云霄
　落一地红霞

水塔上有个喇叭
　叫我们上床
　叫我们下床
　叫战士们出操

水塔慢慢老去
我们渐渐长大
看着水塔的倒塌
我们傲然屹立

厕 所

把厕所建在屋外
就是从家里搬走了
资产阶级生活方式

现在首长家有N间厕所
那时首长家只有厨房
十几家用一间公共厕所

女孩子也敢半夜去解手
而我则学会了
瞄准一棵树,撒尿

铁 环

圆圆的铁环
叔叔们转着转着
就圆了飞天的梦

我人生的梦
转着转着
就残缺不堪

下 雨 了

下雨了
上班的父亲们
抽空跑了回来

抗日战争扛过炮
解放战争拿过枪的
一双双大手
呼呼咣咣
关严自家的门窗

关住硝烟散尽的温馨
关住来之不易的幸福

十几个半大小子

戴着没有帽徽的军帽
穿着没有领章的军装
十几个半大小子
把自行车骑得飞一样

路过周欣她家窗口
生了三个女儿的李阿姨
在窗内看了很久

雷强的后车架上
夹着一个篮球

文化馆，县中学
水工厂，909……
打遍全县无敌手

归来时路过一座拱桥
篮球弹了下来
被河水冲走……

军人服务社

也许你不吃学生灶
也许他不去澡堂洗澡
军人服务社,一定去过

柴米油盐酱醋茶
一间小房要啥有啥

现在依然常梦见
买米,米没了
买糖,糖没了
一手举着粮票
一手举着钱
难过得像个大孩子

服务社隔壁是储蓄所
所里阿姨告诉我
你家最富,有三万存款
那是1975年的三万

母亲已经走远了

一个资本家的女儿
不远万里来到夹江
从大都市来到山沟
这是什么精神
这是随军家属的精神
这是女人的牺牲精神
她们跟丈夫同上战场
上班,做饭,洗衣服
母亲的手指在冬天
裂开血口,十个指头
一个冬天都缠着胶布
十指连心,像紧紧地
紧紧地缠着我的心啊
如今,母亲已经走远了
我的心仍被缠得很痛
很痛……

看见我在拉琴

表姐带来美妙的声音
我嚷着要学小提琴

父亲管钱。父亲说我
追求资产阶级的东西

我跟母亲磨破了嘴唇
母亲跟父亲磨破嘴唇

有位来玩的叔叔
看见我在拉琴
对父亲说,男孩子学这个
没出息

他真的说对了
我后来当了平民
他后来当了将军

那年后门开了

大院的女孩
都想当兵
那年后门开了
很多人穿上军装

后来清退后门兵
有的女孩脱下军装
有的没脱

几年十几年后
她们都在成都
都不再年轻
都是老百姓

父 亲 部 队 的 兵

父亲部队的兵
四人一间屋
没有上下铺
白天修飞机
晚上踢球,还拉二胡

我也当了新兵
住坦克仓库改成的营房
三十多人住一屋
放屁磨牙打呼噜
常想,谁更像兵

我们都是二校子弟

院墙一围
新是一个大家庭
房前屋后,种瓜种豆
少女像鲜花一样
少男像父辈一样
听号起床
听号吃饭
听号睡觉
像一个人一样
像军人一样
天空总是蓝的
机场总是绿的
父亲的脸总是黑黑的
偶尔也下雨
把梦淋湿
有时也打架
但从不记仇
所有的孩子
都是兄弟姐妹
长大后,他们说
我们都是二校子弟

后记

今生走过的风景

童 年

1

有了女儿不算,有了儿子
才看到母亲年轻时的样子
院子里有棵丁香树
母亲一进门,家里就有了
丁香花紫色的味道
她总是小心翼翼,直到
皱纹爬上眼角,一个女人
把我交到另一个女人的手上

2

那时孩子很多,汽车很少
大人出门就打开了笼子
也养过两只芦花鸡
跟街对面的小月斗鸡
我的欢笑压住了小月的哭泣
长大了,小月远嫁美国
我不敢再追过去欺凌

3

冬天只吃白菜萝卜
或是萝卜白菜
出太阳要搬上墙头去晒
晾晒的还有我童年的欢乐
把欢乐晒干,不会腐烂
装在酒瓶里,带在身上
想家的时候就拿出来尝尝

4

住着日本人修的小平房
在后院深挖洞,备战备荒
挖出日军的战刀和靴子
皮靴烂了,战刀还闪着杀人的寒光
为躲避下一场战争,哭着与亲人告别
穿过一个又一个隧道,看见油菜花开
我把童年遗忘在列车上,没能带上
那把长长的闪着月光的日本战刀
一起遗忘的,还有那场刚刚下过的雪
雪花在母亲的心上,经久不化

少 年

1

入川,头一回住在机场旁边
这一世,便与机场结缘
当空降兵,枕着飞机的轰鸣
当工人,在机场给飞机装上玻璃
长长的螺丝刀就像一把战刀
父亲的干休所就在机场东面
娶她之前我每天都回到那里

2

上学要穿过机场,如穿过绿色的海洋
走累了,躺倒在机场的尽头
一声轰鸣,一股烈风
我的父亲在头上飞过
一只大鸟,让我迷恋上奋飞的翅膀

3

演样板戏,想扮郭建光
可我的嗓子只可说话不可歌唱
于是演了小王
演郭建光的是个坏小子
我们相识在桃花盛开的山上
我说,你叫刘凯航,我要揍你
头回知道,演好人的不一定是好人

4

小学边上的公社叫蟠龙公社
有颗明代的黄桷树挂满红色布条
听说每个布条都系着一个心愿
不知道祈愿的人可否实现
我没有心愿,因为不愁吃穿。后来
有了很多心愿,那棵树已被雷劈碎

5

我的第一封情书,在初三才收到
在母亲的责骂中,被撕得粉碎
我躲在远处静静看去,拂着春风
约我的桥上,只有她和一轮残月
打那以后,不敢再看美丽的夜空
勇敢的姑娘,不知今夜你在何方
头上是否也悬着一轮苍老的月亮

农 民

1

下乡第一天,去公社交公粮
我要了八十斤担在肩上
说来可笑,只为小芳们的目光
扁担差点压断我的脊梁
白色衬衣和肩上皮肉粘在一起
用加了盐的米汤方可化开

2

收了工,在暮色中拉小提琴
很想拉一曲命运的交响曲
拉出的总是红星照我去战斗
草房前有一蓬不知名的花草
臭香臭香,在月光下
伴着忧伤的琴声在田野撒欢儿

3

下乡第一天,人是青涩的
下乡第一天,柴是青湿的
米在锅里生着,烟囱冒出青烟
我浑身无力,饥肠辘辘
一个女孩端一碗煮熟的红薯
跨进门栏,那时的红薯细长
很像女孩的身条

4

田里有很多可怕的东西
有蛇,有蚂蟥,有烂包田
一只蚂蟥钻进了我的小腿
一拉,断了,我无计可施
队长走过来,把叶子烟嚼碎
啪地拍向蚂蟥深藏的洞穴
蚂蟥蛆一样倒退出来。从此
我学会了抽叶子烟,直到今天

5

那天饿着,中午去吃九大碗
新娘到得很晚,下午五点才开饭
跟斗酒喝多了不会翻跟斗
会醉,醉了就去新娘的床上睡
新娘一口气生下三个女儿
被计生办罚了款,下了门板
揭光了房上的瓦。我很自责
那天不该在新娘的床上醒酒

士 兵

1

我是一名当了空军的陆军士兵
全军包括军长和女兵,只有我
一个人,没有跳过一次伞
连队,宣传队,机关,连轴转
总是与降落伞和飞机失之交臂
对于一个当了八年空降兵的人
这是个奇迹,也是今生的遗憾

2

农村兵在这里天天过年
我们就像在毒日头下种田
刘炮子拯救我于水火,一纸调令
让我放下枪,拿起提琴
刘炮子说,这里多好有女兵
我们便与年轻时的冯小刚一样
青春的芳华在舞台上绽放

工 人

1

当工人谁没拿过螺丝刀
我的螺丝刀长长的像一把军刀
再抱起砖一样厚的腻子,把仓盖
牢牢地固定在战机的身上
这把螺丝刀却拧不紧我的命运
我的螺丝钉早已锈迹斑斑

2

中午打饭的队伍蛇一样蜿蜒
我在一旁看书,她总是帮我打饭
一本书,就像个多嘴的媒婆一样
她只比我小一岁,好学,贤惠
对于父母,她一定是个好儿媳
对于弟妹,她一定是个好嫂子
对于我,她是一个很好很好的工友

3

一个发小在汽车连当指导员
一个发小在报社当记者
常一起来看我,让我请客
后来我也鲤鱼打挺,当了记者
我们三人骑车走得很远很远
去看另一个当工人的发小,让他请客

4

一纸调函让我成了一根鸡肋
调宣传部是冯厂长给我的许诺
他就是不在报社的商调函上签字
我天天去他家,在厂长吃晚饭的时候
我不吃不喝,就坐着,不多说话
厂长叹道,让我如何向你爸我的老首长交代
说完,仍旧给我讲动听的许诺

学 生

1

学习写作新闻,用相机和笔
写作新闻,用的是双腿和良知
人咬狗真的是一条好新闻
而开会和开学一定不是新闻
咱们的国家人多事儿多
但新闻不仅在屏幕和报纸里
在老百姓饭后的闲言碎语里

2

宝马的操控性最好,心手合一
新闻学院就是一所驾驶学校
实习的汽车总是生病
有一次我正确判断出路况
我手中的笔出了问题
滑出道路撞上了岩壁
过了十年,仍心有余悸

3

学习新闻就如同厨师炒菜
采一些在水泥地里长出的韭菜
再在楼厦的群山里打一只野猪
或从人海中捞回一条小鱼,然后
把自己关在办公室的厨房里
上好的食材,做出来却难以下咽
一拍脑袋这才想起,忘了放盐

4

一个女生渐渐长大,从镜子里
看见自己的美貌也在长大
打那以后,她不再把书当成镜子
那些每天把书当镜子照的女生
有几个便成了我们的校友
我们不带她们参加周六的舞会
我们吹着口哨走出校门,去沙坪坝

5

小时候玩打仗游戏,我扮红方
发现敌人败于拼杀而不是吼叫
那一年师生们吼叫着走到街上
只有我一人在双人床的上铺看书
那几天夜里,总会梦见小时候
梦见被我打败的小伙伴的面容

记 者

1

我去采访一位十九岁的演员
她刚刚上了《大众电影》的封面
采访结束,问她今后的打算
她说好好学习,天天向上
就这一句,我决定娶她为妻
导演说我毁了一个好演员
我说我挽救了一朵烂泥中的莲

2

如果她的歌喉没有那么好
如果在乐山卖唱的她没有遇到我
如果我没有把她带到王昆面前
如果王昆不是传说中的伯乐
她的名字就不会叫郭蓉
如果有很多女孩比她唱得更好
如果……很多故事没有如果

3

当记者时,为养家给一个书商写书
发现卖书,也可以成为富豪
又悟到,养猪不如去卖猪肉
于是改行,从读书写书再到卖书
年纪大了,又从卖书写书回到读书

4

每月工资不足百,买不起脱脂的奶粉
看着女儿花蕾似的小脸,有些心酸
人要有两个翅膀才会自由飞翔
一个是知识,一个是金钱
想起黄宗英在深圳对我讲过这句话
我走出报社,去找寻另一只翅膀

商 人

1

张卫借我十万创业,年息30%
只拿到七万,年底还了她十万
她请我吃海鲜,笑问我还借不借
我不敢再借,因为我算错了利息
我算数极差,更不会算计人心

2

一本《罗素文集》卖了十万册
一本薄书换来一套跃层的大房子
后来,书籍被电脑取代,再后来
电脑又被手机取代……
真还怀念那个迷惘的时代
怀念人人都爱读书的年代

3

宫闱太深太厚,撩开一个角
都会挤破了头,挤破书店的大门
我喜欢做事关风云的书,常被禁销
还有罚款。如果有那么一天
人人只关心风月,不再关心风云
我宁愿少赚些钱,把欧洲走遍

4

拉琴,写作,当记者
画画,写诗,卖古董
一位道士算命,说离了文艺我会饿死
谢谢啊,你这不能吃不能喝的无用之美
让我这大半辈子有吃有喝,好吃好喝

5

男人一生只做两件事情
一手抓钱,一手花钱
钱是给你自由的一把钥匙
不用打卡,不看谁的脸色
不用挤地铁听中年妇女唠叨
不用住小旅店被另一个人的呼噜打扰
想去哪里买张机票就飞
想跟谁喝酒打个电话就约
不考虑谁来埋单
钱,真的是个好东西

老 年

1

我一直想知道蜈蚣有几条腿
现在闲了,蹲在树下看了很久
累了,抽支烟,等待蜈蚣停稳
有时也把往事里的人再看一遍
后来画画,有人叫好
我说那是闲出来的油画
闲着才会看得很久,看得很透

2

我要感谢晚我一代的妻子
等我离世之后,我的叫Y的儿子
还会在这个世上到处游走
他会喜欢田野尽头的晚霞
也会喜欢写诗,喜欢画画
不喜欢也没关系,想干什么就干什么
我就不喜欢下跪,见了菩萨也不跪
有一回,带儿子去给他奶奶上坟
儿子哭着往回拽我的衣袖
命我跪下并且磕头,一直拽着我的手

3

诗人老贾向我推荐刘年的诗
刘年的诗句像一条没有尽头的山路
一边是刀削的悬崖,一边风景如画
我也捡起自己的诗句,除污去垢
收拾干净,然后怀揣着上路
我相信,怀揣着诗句的一个老人
才会有一天抵达他心中的远方

4

女儿打小持筷靠尾,远嫁了美国
从此,我的牵挂很美丽也很漫长
如一道彩虹横跨大洋两岸
狂风暴雨后的彩虹最是忧虑
不会随着寂静的来临而远去
只有随着我的消失,那道彩虹
才会慢慢地,慢慢褪去……

5

人老了，反而喜欢吃糖。我常想
没吃过糖的孩子，不知道糖的滋味
吃过糖的孩子，舍不得糖的离去
这是永远的离去，这是糖的悲哀
想想那些还没有吃过糖的孩子吧
想想他们绝望的追逐，于是
我把这颗迷人而甘饴的糖果
轻轻地放下
轻轻……放下